Theodor G.M. Prund

Der Hrotsuitha

Gedicht über Gandersheims Gründung und die Thaten Kaiser Oddo I.

Theodor G.M. Prund

Der Hrotsuitha
Gedicht über Gandersheims Gründung und die Thaten Kaiser Oddo I.

ISBN/EAN: 9783743699694

Hergestellt in Europa, USA, Kanada, Australien, Japan

Cover: Foto ©Andreas Hilbeck / pixelio.de

Weitere Bücher finden Sie auf **www.hansebooks.com**

Der Hrotsuitha

Gedicht über Gandersheims Gründung

und

die Thaten Kaiser Oddo I.

Nach der Ausgabe der Monumenta Germaniae

übersetzt von

Dr. Th. G. Pfund.

Zweite neu bearbeitete Auflage

von

W. Wattenbach.

Leipzig,
Verlag der Dyk'schen Buchhandlung.

Vorwort.

In den Vorhöhen der Gebirgszone, welche die norddeutsche Ebene umgürtet, liegt, wenig über vier Meilen von Goslar entfernt, das Kloster Gandersheim, eine der ältesten Gründungen christlicher Gesittung im Gebiet des Sachsenstammes, welcher unter allen deutschen Stämmen am längsten und heftigsten gegen sie gekämpft hatte und dann sich am innigsten ihr hingab. Voran ging in dieser Hingebung das herrliche Fürstengeschlecht der Sachsen, welches dem deutschen Reiche fünf Könige und vier Kaiser brachte und auch Gandersheim stiftete. Denn Ludolf, dessen erster Herzog der Sachsen, war auch der Gründer Gandersheims (in älterer Form Gaudenesheim, Gaudesheim), wo seine fürstlichen Nachkommen Aebtissinnen wurden. Wie vor 900 Jahren berichtet wird, umkränzen noch heute waldgekrönte Höhen das Kloster, welches in anmuthiger, fruchtbarer Ebene mitten darin liegt mit seiner alten, in edlen Verhältnissen romanischen Baustyls aufgeführten Kirche und den beiden schlanken Thürmen. Noch heute schaffen hier Meier und Meierinnen, rastlos wie damals, am Werke der Martha. Aber die das bessere Theil der Maria erwählt hatten, die fürstlichen Aebtissinnen mit ihren Nonnen, die Bewahrerinnen der Güter des Lebens, welche in dem ewigen Liebreiz edler Weiblichkeit eine anmuthige Lockung zu den

Segnungen des Christenthums wurden in jener Zeit, wo es als neues funkelndes Wunder den Sachsen zu leuchten begann, sie sind dahingegangen und ruhen unter dem harten Teppich des Estrichs ihrer Klosterkirche neben den Gründern ihres Heiligthums. Das Andenken der Anfänge des Klosters bewahren in ganz besonderer Weise die Schriften einer Nonne desselben, der Hrotsuitha. Sie selbst erzählt, daß sie älter war als ihre Aebtissin Gerberg, Tochter Herzog Heinrichs von Baiern und der Judith, deren Vater Herzog Arnulf war. Da die Hochzeit von Gerbergs Eltern 938 gefeiert wurde, so muß also Hrotsuitha entweder kurz vor oder nach Obbo I Regierungsantritt 936 geboren sein. Von ihrer Herkunft ist uns nichts berichtet. Indeß die vornehmen Verhältnisse des Klosters, von dessen 8 ersten Aebtissinnen 6 aus dem kaiserlichen Hause selbst erkoren wurden, scheinen zu der Voraussetzung zu berechtigen, daß auch die Conventualen nur aus den angesehensten Geschlechtern des Landes hervorgingen. Da eine jener beiden Aebtissinnen, die nicht dem Kaiserhause angehörten, Hrotsuitha hieß, so ist es bei der verhältnißmäßigen Seltenheit[1] dieses Namens nicht unwahrscheinlich, daß die schriftstellernde Nonne, die ihrem Kloster angehörte, mit ihr verwandt war. Ihr Eintritt in das Kloster erfolgte vor dem Jahre 959, wo Gerberg zur Aebtissin erhoben wurde[2], die damals etwa 20 Jahre alt war, sie selbst mithin kaum die Mitte der zwanziger Jahre erreicht haben konnte.

Sie ergriff mit der ganzen Kraft ihres Gemüths die geistige Richtung, von welcher sie den hochgebornen Nonnenkonvent bewegt fand, nicht nur die demüthige Entsagung der Freuden dieser Welt, die völlige Hingebung an das Römische Christenthum, sondern auch reges Interesse für die literarischen Tradi-

---

[1] Vgl. Förstemann, Altdeutsches Namenbuch I, 471. — [2] Praef. ad carm. hist. B. Mariae V.: Gerbergae, cuius nunc subdor dominio abbatiae.

tionen des Römischen Alterthums, Gedanken und Bestrebungen, welche durch die Erwerbung der Kaiserkrone in Rom durch Oddo den Großen in den geistlichen Mitgliedern der Kaiserfamilie noch eine höhere praktische Bedeutung erhielten, und von ihr weiter ausgestrahlt wurden. Daher konnte Hrotsuitha erzählen[1], daß sie außer dem Unterricht der Rikkardis, die sie grundweise und grundgütig nennt, und von einigen andern, die fürstliche Aebtissin Gerberg zur Lehrerin gehabt, die zwar jünger als sie, aber, wie es einer Kaisernichte geziemt, sie an seiner Bildung und Gelehrsamkeit weit überragt habe. Gerberg las mit ihr eine Anzahl Autoren, welche sie selber zuvor mit gelehrten Männern gelesen. Schon früher hatte sie ihr Fleiß in dem Büchervorrath des Klosters heimisch gemacht, und angeregt von dem Gelesenen, ganz ohne einen äußern Antrieb, versuchte sie selber zu schreiben. So übte sie sich, und zwar ganz ins Geheim und verstohlen, schreibend und das Geschriebene umarbeitend, im Versemachen. Denn sie fürchtete bei ihrer Jugend und mangelhaften Bildung andrer Urtheil. Allmählig fühlte sie sich sicherer, und ihr Talent, das sie selber anerkennt, und ihre in jener Zeit seltene Belesenheit und Sprachgewandtheit verschafften ihr die Aufmunterung und den Zuspruch ihrer erlauchten Lehrerinnen. So entstand das Gedicht von der heiligen Jungfrau Maria, nicht lange nach 959, da sie in der Vorrede von der Gerberg sagt, „deren Herrschaft, als meiner Aebtissin, ich jetzt unterthan bin". Hierauf folgte eine Reihe von Dichtungen: die Himmelfahrt Christi, S. Gangolfs Geschichte, das Leiden des heil. Pelagius von Cordova und die Geschichte vom vicedominus Theophilus, das bekannte Prototyp der Teufelsverschreibung des Dr. Faust. Später folgten die Gedichte von Proterius und die Lebensgeschichte des heil. Dionys und der heil. Agnes. Alle diese Arbeiten,

---

[1] Praef. ad carm. hist. B. V. M. pag. 70. Schurzfl.

theils im heroischen, theils im elegischen Maaße geschrieben, knüpfen in Stoff und Form an literarische Vorbilder. Nur die Geschichte vom Pelagius ist nach der mündlichen Erzählung eines Christen aus Cordova verfaßt[1]. Der Stoff dieser Heiligengeschichten ist mannigfaltig genug und es läßt sich wohl noch daran die auswählende Hand erkennen, die neben der Belehrung und Erbauung auch unterhalten wollte. In der Geschichte des heil. Gangolf verschmäht sie sogar nicht das derb Possenhafte, welches unserem Zeitalter im Munde einer Nonne doppelt bedenklich erscheint, jedoch dasjenige, in dem diese Erzählung entstand, doppelt charakterisirt. Hrotsuitha, welche sich nun schon als die bevorzugte Dichterin des vornehmen Klosters fühlen gelernt hat, durfte es endlich wagen, eine Lieblingsidee auszuführen, welche ihr in der modernen, besonders der deutschen Literaturgeschichte eine nicht minder wichtige Rolle erworben hat, als die, welche sie unter den deutschen Geschichtschreibern einnimmt. Sie hatte mit Verdruß bemerkt, wie überall, namentlich wohl in den Klöstern, Terentius Komödien, trotz ihres ärgerlichen Inhalts, mit größtem Eifer gelesen wurden, obwohl sie selbst die anziehende Form derselben zugeben mußte. Ihn durch scenische Darstellungen von zwar ähnlichen, aber auf völlig entgegengesetzten Grundsätzen ruhenden Begebenheiten zu verdrängen, verfaßte sie selbst sechs Komödien. Es sind dialogisirte Heiligengeschichten, deren Absicht ist, den Sieg des Frauencharakters über alle Anfechtungen ebenso als glänzend zu verherrlichen, wie er in Terentius Stücken erniedrigt wird und zwar dies alles nicht zu ihrer, sondern zu Gottes Ehre. Es ist die Apotheose ihres demüthigen Standes, des Nonnenthums, gegenüber der heidnischen Lebensanschauung, welche aus der Nonne die erste deutsche Theaterdichterin machte. Sie spricht sich hierüber in dem Vorwort ihrer Komödien ausführ-

---

[1] Cf. epilogus hist. pass. S. Agnetis. pag. 175. Schurzfl.

lich aus und drückt ihren Beruf zu diesem Unternehmen aus, indem sie sich mit clamor validus Gandeshemensis in einem gewissen Selbstgefühl selber[1] in wörtlicher Uebersetzung ihres Namens den starktönenden Ruf aus Gandersheim nennt, etwa wie das Glockengeläute einer Klosterkirche in Feld und Wald hinaus tönt. So hatte sie schon früher[2] von sich gesagt: nicht auf die eigne Kraft trauend habe sie zu dichten begonnen, sondern damit nicht das ihr vertraute Pfund ihrer Begabung in der eignen Brust unthätig liegend durch Rost verzehrt werde, vielmehr angeschlagen von dem Glockenhammer unablässiger Frömmigkeit ertöne zum Lobe Gottes, auf daß, wenn keine Aussicht wäre, damit etwas Ansehnliches zu erwuchern, es sich in ein Werkzeug auch von geringstem Nutzen[3] verwandle[4]. Noch demüthiger drückt sie sich in der Vorrede zu demselben Liede, die in elegischem Maaß verfaßt ist, aus, indem sie Gott anfleht, er möge ihre Zunge zu seinem Preise ebenso lösen, wie er einst die Zunge des Esels habe sprechen lassen. Diese Gegensätze von Demuth und Bescheidenheit und von Selbstgefühl treten am schärfsten gegenüber in dem Schreiben, das an gewisse weise Männer gerichtet, ihren Komödien vorausgeschickt wird. Hier sagt sie nicht nur offen, daß sie selbst wohl wisse, sie besitze einen durchdringenden Geist, sondern erzählt, daß eben die Weisen, es sind ihrer drei, wie sich später ergiebt[5], die Bewunderer ihrer Dichtkunst seien[6]. Da sie sich mit dem Ansehen ihres Urtheils gegen anderweitigen Tadel deckt, so sind es wohl sehr angesehene Männer der Kirche ge-

---

[1]) Nach Jakob Grimm, Lat. Gedichte des X. und XI. Jahrh. pag. IX.
[2]) Praef. ad hist. B. M. V. pag. 70. Schurzfl.
[3]) Extremae utilitatis. — [4]) Wunderlicher Weise versteht die bildlich gemeinte auf das bekannte biblische Gleichniß deutende Rede G. Freytag in seiner sonst verdienstlichen Dissertation de Hroswita poetria, Vratisl. 1839. pag. 8. wörtlich, die Dichterin scheine arm gewesen zu sein und habe aus ihrer Dichtergabe eine Erwerbsquelle zu machen beabsichtigt. — [5]) Quia trium testimonio constat esse verum.
[6]) Mei opusculum vilis mulierculae vestra admiratione dignum duxistis.

wesen, obgleich der Ausdruck „brüderliche Liebe"[1] derselben gegen sie, nicht zuläßt Bischöfe darunter zu verstehen.[2]

Im Sommer 965 begehrte Obbo II, damals zehnjährig, sie sollte seines Vaters, Obbo I, Thaten beschreiben. Diesem Auftrage gemäß entstand das Gedicht von den Thaten Obbo's, welches sie bis zur Kaiserkrönung 962 hinabführte. Sie war dabei ohne alle Hülfe von Büchern, lediglich auf münbliche Berichte beschränkt. Ein großer Theil dieser Dichtung, die Jahre 955—962, ist verloren gegangen. Das Erhaltene ist in geschichtlicher Beziehung als eine Produktion damaliger sächsischer Hofhistoriographie anzusehen. Erzbischof Wilhelm und die Aebtissin Gerberg haben den Stoff geliefert, von Hrotsuitha ist er nur verarbeitet. Es war eine schwierige Aufgabe, nicht unwahr zu werden und doch ihre Aebtissin, die Tochter des Herzogs Heinrich, der so viel Irrungen im Kaiserhause verursacht, nicht zu beleidigen, und hier zeigt die Dichterin bei aller Rücksicht doch Wahrheitsliebe.[3] Obgleich der historische Werth des Werkes dadurch herabsinkt, ist es wegen mancher Nachrichten, die darin mitgetheilt werden, von Wichtigkeit und für die Flucht und Verfolgung der Königin Adelheid, überhaupt der gelungenste Theil der Arbeit, ist es geradezu Quelle. Das Buch wurde 968 Ende Januar oder Februar fertig der Aebtissin Gerberg übergeben zur Uebersendung an Wilhelm, der es den beiden Obbonen darbringen sollte. Schon am 2. März starb Wilhelm.

---

[1] Fraterno affectu gratulantes laudastis.

[2] Es würde kaum der Bemerkung bedürfen, daß diese Komödien nie zur Aufführung kamen und bloß zum Lesen bestimmt waren, wenn nicht Magnin, Théâtre de Hrotsvitha, das Gegentheil behauptete. Indeß haben seine Landsleute selber ihn gründlich widerlegt. Du Méril, origines latines du théâtre moderne. p. 17. n. 5.

[3] Diese ist zweifelhaft, Entstellung der Thatsachen sicher. Es bleibt nur fraglich, wie viel davon auf Rechnung ihrer Gewährsmänner zu setzen ist, wie weit sie selbst richtig unterrichtet war.   W.

Kurz darauf[1] begann Hrotsuitha ihr Gedicht von der Gründung von Gandersheim und den Vorfahren der Oddonen, das bis zum Tode Christina's 919 reicht. Hier waren für sie des Agius Leben der Hathumoda, die Gründungsurkunden Herzog Ludolfs, die Diplome König Ludwigs des Jüngern und Arnulfs Quelle, wozu noch die Erzählungen der Bejahrteren im Kloster kamen. Dadurch erhält diese Gründungsgeschichte von Gandersheim einen viel höheren historischen Werth als das von mannigfachen politischen und Familienrücksichten bedingte Gedicht von Oddo I Thaten. Beide Gedichte sind nur Geschichtserzählungen in metrischer Form, ohne poetischen Zusatz, ähnlich den späteren Reimchroniken. Das erste ist schon einmal übersetzt[2], das zweite erscheint hier zum ersten Male deutsch.

Am Tage Allerseelen 1859.

Dr. Th. Pfund.

---

[1] V. 79 wird Oddo II Krönung am Weihnachtsfeste 967 erwähnt und V. 81, 82 das Buch von den Thaten Oddo I und II.

[2] K. F. A. Robbe, Programm der Nicolaischule in Leipzig. 1851/52. 8°.

Indem ich diese Uebersetzungen mit einigen geringen Verbesserungen und mit Hinzufügung einiger Anmerkungen wiederhole, habe ich zu bemerken, daß eine neue Ausgabe der Werke der Hrotsuitha von Barack 1858 erschienen ist, und daß in einer Königsberger Dissertation 1875 Bruno Zint es sehr wahrscheinlich gemacht hat, daß sie ursprünglich und noch, als sie den ersten Theil mit den Widmungen an Gerberga und Oddo I (nach ihrer Schreibweise) versah, auch die Kaiserzeit Oddo I beschreiben wollte, aber, als Oddo II ein Exemplar verlangte, abbrach und den Schluß hinzufügte, welcher jenen Widmungen widerspricht. In der Zwischenzeit könnte ihr Widukinds Geschichtswerk bekannt geworden sein, gegen welches einige Aeußerungen über Heinrich und Ludolf ausdrücklich gerichtet zu sein scheinen. Es sprechen außerdem einige Gründe dafür, daß ihr Liutprands Antapodosis bekannt gewesen ist.

Berlin im April 1888.

Wattenbach.

Der Hrotsuitha

Gedicht über Gandersheims Gründung.

Das Gedicht von der Gründung des Gandersheimischen Klosters.

Siehe, das brünstige Sehnen der Gott sich beugenden Seele
Regt sich in mir, das Beginnen des Gandesheimischen Klosters,
Welches nun blühet, zu schildern, das mit nie rastender Sorge
Von Herzogen der Sachsen, den mächtigen Fürsten, erbaut ward,
Nämlich Ludolf dem Großen und seinem herrlichen Sohne
Oddo, welcher das Werk, von dem ich geredet, vollendet.

Doch die Ordnung erheischt, die diesem Stoffe gebühret,
Daß erst werde besungen in ziemendem Liede die Gründung
Unsres erhabenen Stiftes, des Gandesheimischen Klosters:
Fest ja steht es von ihm, daß selbiger Herzog der Sachsen
Frommen Gemüths es erbaut, den früher ich nannte, Ludolfus.
Dieser nun aus dem Geschlecht hochfürstlicher Eltern entsprossen
Und auch seiner Geburt echtabliger Tugend entsprechend,
Wuchs in herrlichen Sitten und Uebung biederen Handelns
Auf, bei sämmtlichen Sachsen gar löblichen Rufes genießend.
10 Denn er zeigte sich tüchtig und war sehr schön von Erscheinung,
Klug im Reden sowohl, wie bedächtig in jeglicher Handlung
Und des Geschlechts alleiniger Hort und einzige Zierde.
Deshalb war er auch fast in den ersten Jahren zu Ludwigs,
Jenes gewaltigen Königs der Franken,[1] Diensten entboten,

---

[1] Ludwig des Teutschen.

Und von diesem mit Recht zu den höchsten Würden erhoben,
Nahm er die Grafengewalt des sächsischen Stammes entgegen.
Und beschenket sodann mit höh'rer Berechtigung Gabe
Ward er der Fürsten Genoß, Herzogen im Range nicht ungleich,
Und wie sehr er besiegt an christlicher Tugend die Vorfahr'n,
20 Also ragt er vor ihnen nicht minder an Glanze des Ranges.
Dieser hatte zur Gattin die hochgeborene Oda,
Von dem berühmten Geschlechte der mächtigen Franken entsprossen.
Tochter war sie von jenem erhabenen Fürsten, dem Billung
Und der abligen Frau, der weitgepriesenen Aeda.
Aeda selber nun pflegte gar oft in heißen Gebeten
All' ihr Sorgen um sich und das Leben dem Herrn zu befehlen.
Emsigen Sinns gar häufig nach Werken der Frömmigkeit trachtend
Ward die Gnad' ihr zu Theil, durch himmlisch Verheißen belehret,
Daß sie vernahm, wie Christi verklärter Täufer ihr zusprach,
30 Einstmals werd' ihr Geschlecht noch in späten künftigen Zeiten
Für sich gewinnen die Zierde der Kaiserehren als Erbschaft.
Nämlich indessen dereinst durchbrach das nächtliche Dunkel
Mit dem Glanze des Lichts, der röthliche, schimmernde Morgen,
Lag sie selber wie häufig gebeugt zum heiligen Altar,
Welcher da war zur Ehre des Täufers Johannes geweihet,
Klopfend mit ihren Gebeten am Thore der himmlischen Hochburg.
Und als ganz die Gedanken sie hingab frommer Betrachtung,
Schaut sie gebückt den Fuß eines Mann's, der neben ihr stehet.
Und nicht wenig erstaunend bedachte sie vielfach im Herzen,
40 Wer denn jener wohl sei, der ihre verborg'nen Gebete
Wagt' in dieser zur Andacht geeigneten Stunde zu stören.
Und als, wenig sich wendend, die Stirn sie vom Boden erhoben,
Schaut einen Jüngling sie stehn, der strahlet im Wunder des Glanzes,
Angethan mit der Hülle des gelblichhaarigen Mantels,
Ganz als wär' er vom Haar krummrück'ger Kamele gewoben,
Dessen Gesicht, durch seine vorzügliche Weiße verschönert,

Gründung Gandersheims.

Ein zur dunkelen Farbe des Haars wohlstimmendes Bärtchen
Gab ein gewisses Gepräge von herrlich strahlender Anmuth.
Als ihn schaute die Herrin, ihn haltend für einen der Sel'gen,
50 Wurde der Sinn ihr betäubt nach Weise des Frauencharakters,
Und von gewaltigem Schrecken besiegt sank plötzlich sie nieder.
Jener indeß zusprechend der Schüchternen freundliche Worte
Redete: „Fürchte Dich nicht und bebe nicht zagend im Herzen,
Sondern erkenne, befreit vom Schrecken so schwerer Befürchtung,
Wer ich denn bin. Dir bringend die Fülle des Trostes er=
schien ich.
Nämlich ich bin Johannes, begnadigt in blinkende Welle
Christum zu tauchen. Und Dir, weil oft bei mir Du' gebetet,
Künd' ich zuvor: Dein herrlich Geschlecht wird stiften ein Kloster
Gott geweiheten Frau'n, zum Frieden und Preise des Reiches,
60 So lang fest ihr Gelübde besteht durch Sorge der Kön'ge.
Dafür wird Dein Geschlecht dereinst noch in künftigen Zeiten
Glänzen auf so erhabener Zinne gebietender Ehren,
Daß auch keiner sich ihm von sämmtlichen Kön'gen auf Erden
Wagte zur Seite zu stellen an Rang großmächtiger Hoheit."
Sprach's und plötzlich verschwand er, zurück zum Himmel sich
wendend,
Lassend der gütigen Frau zum Pfande die süßeste Tröstung.
Dieser so köstlichen Zier erhabne Verheißung von oben
Hat das Zeichen der Weihe besonders verliehen der Herrin
Oda berühmtem Geschlecht, die Oddo gebar, den gepries'nen
70 Herzog, Heinrichs Erzeuger, des scepterwürdigen Königs.
Der war Vater des Oddo, des hochzuverehrenden Kaisers,
Welcher da fußend allein auf des ewigen Königes Stärke,
Als er gleich seinem Vater das Reich der Sachsen regieret,
Nach dem Willen des Herrn zum zweiten Male geweihet
Den erhabenen Sitz des römischen Kaisergebietes
An sich nahm zugleich mit dem kaiserlich waltenden Scepter.

Seinen Sohn auch, genannt gleich ihm und also gesegnet,
Wie's die liebende Gnade des ewigen Königs gefüget,
Ließ er denselbigen Thron des Kaiserreiches besteigen
80 Und am nämlichen Glanze der ähnlichen Lage sich freuen.
Solches nun zeiget genauer der Inhalt meines bescheidnen
Buches, geschrieben von mir nach dieser Dinge Verhalten.
Also mit frommem Gemüth das begonnene Werk zu vollenden
Hat mit emsiger Müh sich jetzt mein Griffel zu wenden.
Als im Bunde der Eh' demnach sich hatte dem Ludolf
Oda, die würdige Frau, als ihrem Herren vermählet,
Ward sie berühmt bei allen den Unsrigen durch die Gesinnung
Und durch Thaten zumal, stets wandelnd die Pfade der Tugend.
Und nachlebend dem Muster von ihrer so würdigen Mutter
90 Pflegt' im heil'gen Gebet sie dem Herrn sich gänzlich zu weihen.
Während im Herzen die Wünsche der Mutter, das Kloster zu stiften,
Weshalb selbige denn den eh'lichen Herren nicht selten
Mit einschmeichelnder Rede gar sehr zu bereden bemüht war,
Daß er doch möcht' erbauen mit der ihm gehörigen Schätze
Aufwand ein für den Preis des Himmels geeignetes Kloster,
Wo mit heiligem Schleier dem Herren zu weihende Fräulein
Züchtig vermöchten zu leben bis an ihr Ende des Lebens,
Um sich völlig dem Dienste zu widmen des heiligen Bräut'gams.
Aber ihr treuer Gemahl, der solchen Ermahnungen nachgab,
100 Willigte ganz in seiner erwählten Gattin Begehren,
Und so begannen sie denn in gleichem Gelübde gemeinsam
Strebend, zu zweien vereint alsbald dem Herren zu dienen.
Ihnen gehörte nun an ein kleines Kirchlein, gelegen
Jenseits des Ufers der Ganda, bereits auf der Höhe der Berge.
Gandesheim nannten darum den Ort, die oft ihn besuchten.[1]

---

[1] Dieser Ort, wo die erste Klostergründung war, wird Brunesteshusen genannt, der Anfang in den Quedlinburger Annalen in das Jahr 852 gesetzt, aber verbunden mit der Niederlegung der aus Rom erhaltenen Reliquien. Der erste Anfang der

Gründung Gandersheims.

Dort, auf daß man begehe den Dienst des Herren mit Würden,
Bis einst wäre zu finden ein besser geeigneter Bauplatz,
Brachten sie viel Jungfrau'n für gemeinsames Leben zusammen,
Faßten dazu den Beschluß, ihr eigenes Kind Hathumoda
110 Sollte gehalten wie sie stets ihre Genossin verbleiben;
Und auf daß sie vermöge der Jungfraunschaar zu gebieten,
Brachten zuerst sie dieselbe zu gottesfürcht'ger Erziehung
Unter die sorgende Hut von einer gar würd'gen Aebtissin,
Die nachfolgend anstatt der früher vor dieser erwählten
Damals hatte zum Sitze das Kloster Herford erhalten.
Mit dergleichen Bemühen bedachte die Dienste des Höchsten
Ludolf selber zugleich mit seiner vortrefflichen Gattin.
Als er ein Schreiben darauf von seinem Herren empfangen,
Nämlich dem hocherhab'nen und frommen Könige Ludwig,
120 Machten auf seinen Verlaub mit gar nicht geringem Gefolge
Beide sich auf gen Rom und besuchten des heiligen Vaters
Sitz, in diesen mit würd'gen Geschenken und freundlichen Bitten
Dringend, es werde für sie mit seiner Hülfe ermöglicht,
Daß mit dem Willen des Herrn sie ihre Gelübde bezahlten.
In damaligen Zeiten besaß als Papst nun der sel'ge
Sergius[1] über der Kirche Regierung die oberste Würde.
Nachdem dieser gelesen die Schreiben, vom König erlassen,
Fand er, herbei sei gekommen ein Herzog würdig der höchsten
Ehren, und forschend den Grund, weshalb er hierher nun ge=
kommen,
130 Zeigt' er sich ihm gar freundlich in güt'ger Begrüßung gesinnet.
Ihn, als obersten Bischof, mit Recht höchst würdig der Ehren,
Flehte mit seiner Gemahlin der Herzog Ludolf sich bückend
An mit solcherlei Worten von jeglicher Süße durchdrungen:

Klosterstiftung wird früher anzusetzen sein; das Jahr 852 bezeichnet den Abschluß
und damals wurde Hathumoda Aebtissin.
) Sergius II von 844 bis 847.

"Hochberühmtester Papst, sei Deinen Pilgern nun milde
Die wir gelanget hierher von fernsten Gebieten der Erde,
Um mit unseres Dienstes Geschenken Dich hoch zu verehren.
Denn wir trachten mit allem Bemühen des brennenden Herzens,
Daß wir gründen ein Kloster, zur Ehre des Herren zu weihen;
Deshalb schien uns dieses zu sein bei weitem das Beste,
140 Nachzusuchen bei Dir um Hülfe sicheren Rathes
Und dir unsere Wünsche mit frommer Bitte zu sagen,
Der Du beherrschest als Haupt der Kirche den sämmtlichen Erd-
kreis;
Daß, im Fall Dir genehm ist unserer Herzen Erbietung
Und wenn Hülfe gewährt Dein liebendesВатererbarmen,
Richtig den Wunsch der Gedanken wir nun ausführen in Thaten,
Und Du — wahrlich wir fleh'n mit vollem Recht Dich um Rath
an —
Nimm Du unsre Geschenke nun auf mit güt'ger Gesinnung,
Weil Dich selber ja treibet die Liebe zum ewigen König.
Gieb von Heiligen uns die geweihten Pfänder, zu deren
150 Ehre geeigneter Art die gesammte Gründung des Klosters
Sich wohl ließe bezeichnen, mit heil'gem Verdienst sie zu schirmen.
Und daß stets sie befreit von mächtiger Könige Joch sei,
Noch jemals auch dulde Gewalt von irdischen Herren,
Geben wir dieses Gebiet dem Apostelbischof zu Händen,
Daß er möge zugleich es beschirmen und weise regieren."
Solches der Herzog sprach. Drauf redet' als oberster Bischof
Sergius also: „Mit inn'gem Gemüth umarm' ich, mein Sohn, Dich
Und auch Deine Gemahlin, so werth sie zu lieben, umarm' ich.
Und ich freue mit euch mich euerer frommen Bestrebung
160 Und nicht hielt' ich für recht, euch eueren Wunsch zu verweigern.
Einstmals walteten hier die beiden als mächt'ge Regenten,
Erst Anastas, auf hiesigem Stuhl unsträflicher Bischof,
Weiter dann Innocenz auch, im Apostelamte sein heil'ger

Gründung Gandersheims.

Mitmann: welche nach Peter dem Hirten und Paulus dem Lehrer
Durch ihr hohes Verdienst in der Kirche herrlich erglänzten,
Deren Leiber bisher mit solcher Sorgfalt bewahrt sind
Seitens aller, so viel in diesen Mauern geboten,
Daß kein Mensch jemalen ein Stück nur ihnen entzogen
Und vollständig die Zahl der heiligen Glieder geblieben.
170 Doch da billig ich muß in eurer so frommes Begehren
Willigen, geb ich' umsonst ein Pfand euch, welches von beider
Heiligen eigenem Leib vor Zeugen ich habe genommen,
Wenn ihr Sicherheit mir durch Eidschwurleistung gewähret,
Sie stets ehren zu wollen in jenes vorhin schon genannten
Klosters Kirche, von euch durch euere Stiftung errichtet;
Daß bei Tag und bei Nacht dort heilige Lieder erklingen
Und daß brenne darin ein stets hell strahlendes Lichtlein.
Auch erklären wir noch dies Kloster, euerem Wunsch nach,
Als dem Apostel gehörig zu nehmen in unsere Hände,
180 Auf daß sicher es sei vor allen weltlichen Herren."
Aber der Herzog, froh ob dieser Versprechen im Herzen,
Sprach, er werde gar bald entsprechen des obersten Bischofs
Hochverehrtem und heil'gem Gebote durch fleißige Thaten,
Daß er als würdig erscheine der jetzt zu bauenden Kirche.
Wie nun meldet die Kunde von vielen, die wohl darum wissen,
War dermalen ein Hain ganz nahe dem Kloster, umgürtet
Rings von schattigen Höh'n, die heut' uns selbst noch umgeben,
Und in selbigem Hain ein kleines Oertlein gelegen,
Wo die Hirten der Schweine des Ludolf pflegten zu weilen.
190 Während der nächtlichen Zeit ergaben nun jene der Ruhe
Ihren ermüdeten Leib in eines Bauern Verzäunung,
Während sie hatten die Wacht der ihnen befohlenen Schweine.
Einst an selbigem Ort, als in zwei Tagen das hohe
Allerheiligenfest gar feierlich war zu begehen,
Mitten in dunkeler Nacht erblickten mit eigenen Augen

Viele Lichter im Wald, ganz helle brennend, die Hirten.
Alle verwunderten sich, als dies sie gesehen, in Staunen,
Was des strahlenden Lichts so neues Gesicht denn bedeute,
Welches, ein schimmerndes Wunder, das nächtliche Dunkel durch=
brochen.
200 Und sie berichteten dies dem Meier des Hauses mit Zittern,
Ihm anzeigend den Ort, den selber die Lichter beschienen.
Der, klar wollend ergründen mit eignem Gesicht das Gehörte
Und sich ihnen gesellend entfernt vom Schutze des Hauses,
Schickte die folgende Nacht sich an schlaflos zu verbringen
Und das ermüdete Auge nicht senkend zu labendem Schlummer
Bis entzündet sie wieder die röthlichen Flammen erblickten,
Doch durch größere Zahl die früheren weit überbietend,
Auch am vorigen Orte, jedoch zu früherer Stunde.
Dies so deutliche Zeichen von Glück verheißender Zukunft
210 Wurde, sobald vom Aether mit ersten Strahlen die Sonne
Glänzte, bekannt, da allen die freudige Kunde es zutrug.
Auch nicht Ludolf konnt' es, dem würdigen Herzog, entgehen,
Sondern es hatte sein Ohr kaum ausgesprochen ereilet,
Und er selber erspäht in des kommenden Festes geweihter
Nacht umsichtigen Blicks, ob Aehnliches später bewähre
Eines vom Himmel herab andeutenden Zeichens Erscheinung,
Und nahm während der Nacht mit vielen die Waldung in Obacht.
Aber sogleich, als dunkele Nacht mit Nebel das Erdreich
Einhüllt, lassen sich rings im Kreise des waldigen Thales,
220 Wo einst sollte die Stiftung des hehren Klosters geschehen,
Wie in Reihen gestellt in Fülle die Lichter erblicken,
Welche zugleich die Schatten des Laubs und nächtliches Dunkel
Hell durchdrangen mit Licht von übergewaltigem Glanze.
Alle die standen im Kreise zugleich lobpreisend den Herren,
Sprachen es festiglich aus, es wäre zu weihen die Stätte
Zu desselbigen Dienst, der sie erfüllte mit Lichte.

Aber der Herzog nicht ohne Gefühl für himmlische Gnade
Ließ nach Fällung der Bäume, sowie der Dornen Entfernung
Und auf Oda's Geheiß, der ihm so theuern Gemahlin,
230 Eben dasselbige Thal vom Dickicht gänzlich befreien,
Und die verwachsene Gegend, von Faunen und Bestien wimmelnd,
Macht' er offen und klar und geschickt zum göttlichen Lobe.
Drauf erst schaffend herbei zum Werke die nöthigen Mittel
Ließ er sofort errichten die Mauern der herrlichen Kirche,
Welche bezeichnet der Glanz des röthlich schimmernden Lichtes.[1]
Aus dem Grunde somit war nun in glücklicher Stunde
Gott zur Ehre der Bau von unserem Kloster begonnen.
Aber es waren durchaus an jenen Orten die Steine,
Die zum Werke geschickt, auf keine Weise zu haben,
240 Daß in Stocken gerieth des begonnenen Tempels Vollendung.
Die Aebtissin jedoch, Hathumoda, hoffend sie könne
Alles im Glauben vom Herrn, dafern er lebendig, erreichen,
Peinigte sich nicht selten mit strengster Uebung der Andacht,
Dienend bei Tag und bei Nacht mit frommem Bemühen dem Herren.
Und als viele sich ihr von ihren Frauen vereinten,
Flehte sie, daß von oben ihr komme die Tröstung der Hülfe,
Auf daß werde das Werk, das trefflich begonnen, vollendet.
Und bald fühlte sie noch dieselbige himmlische Liebe,
Die sie gesucht, dem Gebet zu schnellem Erbarmen sich neigend.
250 Denn als fastend sie lag und heil'gen Gebeten gewidmet
Eines Tages zu Boden am heiligen Altar gestrecket,
Treibt sie des mildesten Rufes Geheiß zu verlassen die Kirche
Und dem Vogel sodann, den sie beim Gehen erblickte,
Sitzend auf mächtigen Steins erhabener Spitze, zu folgen,
Doch sie selber mit will'gem Gemüth aufnehmend die Mahnung
Schreitet hinaus, von Herzen den Worten des Heischenden trauend.

---

[1] Dieser Bau wurde nach Thangmar 856 begonnen.

Und als Kundige sie des Steinebehauens berufen,
Machte sofort sie sich auf, wohin sie der heilige Geist führt,
Bis sie kamen zur eben begonnenen herrlichen Kirche.
260 Eine Taube daselbst erblickte sie sitzend von weißer
Farb' auf jenes bestimmten Gellipps hochragendem Gipfel.
Diese gelangt' auffliegend voraus mit schwebenden Flügeln,
Hemmend die Schnelle des Flugs in ungewöhnlicher Weise,
Daß die luftigen Furchen auf grabem Pfade zu Fuße
Konnte mit ihrem Geleit die Jungfrau Christi verfolgen.
Und als fliegend gekommen zu jenem Orte die Taube,
Der uns jetzo bekannt als reich an mächtigen Quadern,
Kam sie herab und pickte das Erdreich dort mit dem Schnabel,
Wo sich unter der Erde verbarg die Fülle der Steine.
270 Bei dem Anblick im Klaren befahl die würdigste Jungfrau
Christi ihren Genossen, die Stelle selber zu rein'gen
Und das schwere Gewicht der Erde mit Graben zu spalten.
Als es geschehen, erschien mit Gewähr der heiligen Liebe,
Kommend von oben, ein reichlicher Schatz von mächtigen Steinen,
Von dem außer der Kirche des eben begonnenen Klosters
Sämmtliche Mauern vermochten den Stoff zum Bauen zu nehmen.
Stärker und stärker nunmehr mit ganzer Spannung der Seele
Trieben die Maurer der Kirche, die Gottes Ehre man wollte
Weihen, das Werk bei Nacht und neuanbrechendem Tage.
280 Herzog Ludolf indeß, der erster Gründer desselben
War und dessen Bemühen hervorgerufen des ganzen
Werks Entstehen, bewegt durch Oda's dringende Bitten,
O des Jammers, das emsige Werk nicht führt er zum Ziele,
Sondern erliegend dem harten Gesetze natürlichen Todes
Muß er zuvor sein Leben zurück dem Schöpfer erstatten,
Ehe noch ganz vollendet des Herren gepriesene Wohnung.[1]

---

[1] Er starb 866.

· Gründung Gandersheims.

Und er befahl im Sterben der hinterlassenen Theuren,
Seinen Söhnen zugleich, den oben bezeichneten Fürsten,
Aller unsäglichen Mühe Gewicht nicht minder wie Sorge,
290 Und sie beschwörend, damit sie mit eifrigem Streben zum Ende
Brächten den völligen Bau des auszuführenden Klosters,
In deß ältester Kirche der hochehrwürdige Leichnam
Damals standesgemäß dem Schooße der Erde vertraut ward.
Aber nach einiger Jahre Verlauf sind seine Gebeine
Hieher übergeführt, im neuen Tempel zu ruhen.
Ihn hat dazu vielleicht Gott dieser Erde entrücket,
Als er die leichtern Gebrechen des Alters eben berührte,
Daß noch voller darauf der erlauchten Herrin, der Oda,
Auf Gott schauender Sinn sich könnte dem Himmlischen widmen,
300 Völlig des Antheils lebig an jeglicher irdischen Liebe.
Doch nicht weigert' er sich ihr Trost und Hülfe zu senden,
Sondern in alter Liebe gewährt' er von Neuem ihr Beistand,
Auf die fest sich verlassend sie konnte versehen die Nonnen
Mit den Dingen zusammt, die unsere Regel erfordert.
Ihre Tochter erkor sich, sie hieß mit Namen Liutgard,
Da dies also gewährte des ewigen gnädigen Königs
Machtwort, Ludwig der König, der Franken gepries'ner Ge-
bieter,
Zu der Genossin des Reiches und seiner beständ'gen Gefährtin,
Ebendesselbigen Sohn, durch dessen Gabe die Herrschaft
310 Ludolf hatte zuerst im eigenen Volke gewonnen.
Als zur Königin sie für uns zum Glücke geworden,
Leistete würdigen Dienst der frommen Mutter dieselbe,
Bietend die mächtige Hülfe von ihrem Herren dem König,
Und sie versprach manch günstiges Ding für unsere Stiftung.
Als Hathumoda nunmehr, die glückliche Jungfrau des Herren,
Zweimal else der Jahre die Sorge der Heerde getragen,
Ging sie sterbend im Herren sogleich ins himmlische Reich ein,

Anvertrauend die Heerde so zart Gerbergens Regierung.[1]
Einstmals war sie verlobt an einen erlauchten und höchlich
Mächtigen Mann, der wurde genannt mit Namen Bernhardus.
Heimlich hatte jedoch sie selber mit heiligem Schleier
Sich dem Herren geweihet, dem wahrhaft himmlischen Bräut'gam,
Gänzlich im Herzen gering den sterblichen Bräutigam schätzend.
Doch nicht konnte sie gleich, auf daß sie vermeide das Aufsehn,
Ihre Kleider entfernen, die ganz erglänzten von Golde,
Sondern sie trug das prächtige Kleid, so wie sie gewohnt war.
Jener indessen erschien, dem ab sich gewendet des Herren
Braut, im offnen Gespräch mit ihr zu verkehren begehrend.
Doch er vernahm, daß selber sie habe gethan das Gelübde,
Keusch jungfräuliche Scham für immer bewahren zu wollen.
Als nun diese verzog und nicht ihm zeigen sich wollte,
Fürchtet er sehr, daß richtig es sei, was erst er gehöret,
Und nicht tragend das Zögern bestürmt er mit Bitten die Herrin
Oda, bis sie befahl hervorzukommen der Tochter,
Herrlich geziert im Schmucke von ihrer so prächtigen Kleidung,
Auch mit Ringen und Edelgestein nach Weise der Bräute.
Als sie Bernhard jedoch erblickte, nach der er sich sehnte,
Droht' er mit folgenden Worten, so heißt's der theueren Freundin:
„Oft schon hab' ich gehört, wie schlimmes Gerücht sich verbreitet,
Daß nach Kräften Du strebst zu zerbrechen unser Gelöbniß
Und zu trennen durchaus den fest zu bewahrenden Treubund.
Jetzt nun bin ich gezwungen sogleich auf unseres Herren
Königs Geheiß zum nahenden Krieg von dannen zu ziehen.
Weil nun also die Zeit, dies jetzt zu besprechen ermangelt,
Magst Du wissen fürwahr, falls heim ich kehre lebendig
Und mich Gesundheit begleitet, so will ich mit Dir mich verbinden,
Und ganz werd' ich zu nicht Dir machen Dein eitles Gelübde."

---

1) Sie starb am 29. Nov. 874.

Sprach's und streckend empor erregten Sinnes die Rechte,
Schwört beim Schwert er, zugleich beim weißen Nacken, er wolle
350 Nach Vermögen sein Wort hinfüro mit Thaten erfüllen.
Ihm erwiderte drauf Gerberga bescheidenen Mundes:
„Christo hab' ich mich selbst und auch mein Leben befohlen,
Betend er möge mit mir nach Gottes Willen verfahren."
Als in wechselnder Rede sie diese Gespräche beendet,
Machte sich Verharb auf, bald merkend am eignen Geschicke,
Nichts vermöge die Macht des Stolzesten wider den Herren;
Und weil über das Maß er mit thörichten Reden gefrevelt,
Sank er dahin im Kriege, besiegt durch Kräfte von oben.
Aber die Magd des Herren verband sich des himmlischen Bräut'-
gams
360 Liebe gar bald, den stets sie geliebt mit keuscher Gesinnung.
In dem sechsten Jahre, so denk' ich, von ihrem Primate
Wurde der Herzog Brun, zu schirmen die heilige Kirche
Willens gegen der höchst barbarischen Ungarn Verwüstung,[1]
O des Schmerzes, von jenen verruchten Feinden des Herren
Um sein Leben gebracht mit noch zwei trefflichen Grafen,
Auch mit sämmtlichen Männern von der ihm eigenen Heerschaar.
Als nun dieser getödtet, da ward sein jüngerer Bruder
Oddo zum Herzog gemacht durch König Ludwigs Gewährung,
Der mit Thaten entsprach der frommen Mutter Gelübde
370 Und es betrieb ganz einig mit ihr in den ähnlichen Sorgen,
Daß er mit würdigem Schmuck ausrüste die Kirche, die neue,
Welche nach diesem nun war im folgenden Jahre zu weihen.
Er hat sämmtliche Mauern von unserem Kloster vollendet,
Für Jungfrauen bestimmt, Jahrhunderte drinnen zu wohnen.
Als dies wohl nun besorgt, wird nach der Bestimmung der
Mutter

---

[1] Vielmehr im Kampfe gegen die Normannen, am 2. Febr. 880.

Auserlesen, dieweil Frau Oda solches verordnet,
Eben der Tag,¹ den Tempel auf würdige Weise zu weihen,
An dem glänzten dereinst die Lichter in Mitten der dritten
Nacht am selbigen Ort, von vielem Volke gesehen,
380 Welcher auch war hochwürdiges Fest für sämmtliche Heil'gen,
Aller, so viel es nur giebt im weiten Umfang der Erde,
Am Anfange des Mondes November nach Brauch zu begehen.
Als ringsum nun ertönte der Ruf von der Weihe des Tempels,
Flossen von jeglicher Seite gar bald viel Schaaren zusammen,
Welche zugegen zu sein am Tage der Feier begehrten.
Also, sobald erglänzte der erste Schimmer des Frührothes,
Zog die sämmtliche Schaar von unseren Schwestern versammelt,
Als sie mit Dankesgebet erhoben der frommen Beschützer
Heilige Leiber, dahin beim Klange gesungener Lieder,
390 Dort zur Stätte des Klosters, erbaut mit ernstestem Streben.
Drauf als jegliches war nach Brauch zur Feier des Festes
Fertig, erfüllte die Weihe des Herrn gesegneter Bischof
Wichbert,² Christo zur Ehre den hiesigen Tempel
Zum stets dauernden Preise den sämmtlichen Heiligen widmend,
Deren festlicher Tag jetzt war nach Würden zu feiern;
Denn an diesem geschah die Weihe des herrlichen Tempels,
Als ein Hundert der Jahre bereits acht Male verlaufen,
Dazu zehen mal acht und eins noch drüber hinausging,
Seit jungfräulich die Magd ohn' irgend die Scham zu verletzen,
400 Hatte geboren den König der Welt und den eigenen Vater.
Damals fingen zuerst in jenen Gebieten der Wälder
An zu klingen die Lieder, verfaßt zum göttlichen Preise.
Und es verblieb seitdem die Versammlung unsrer Gemeinschaft
Dort, indem sie den Herrn verehrten mit eifriger Inbrunst.
Und wenn gleich Gerberg, die Aebtissin, ihre noch neue

---

¹) 1. Nov. 881. — ²) Bischof von Hildesheim.

Heerd' umsichtig behütet' und lehrte mit häuf'ger Ermahnung,
Fest zu halten an dem, was für ihr Leben sich schicket,
Und nichts wider den Schwur Unheiliges je zu begehen,
Dennoch forschte die hochehrwürd'ge Gebieterin Oda,
410 Wenn sie binnen des Klosters Verschluß einkehrte, gar oftmals
Nach mit eifriger Sorge dem Treiben und Thun der vereinten
Schwestern, ihrem Charakter, sowie der Weise des Lebens,
Auf daß nicht entweder der Vorfahr'n Satzung verachtend
Eine nach eignem Gesetz voll Vorwurf wagte zu leben,
Oder Gelegenheit wäre zu thun ein beliebiges Unrecht,
Durch ihr eigenes Muster die Regel des Handelns bezeichnend.
Und wie süßeste Liebe von einer verständigen Mutter
Bald die eigenen Töchter durch Furcht vom Fehle zurückhält,
Bald das Gute zu wollen mit freundlichem Rathen ermahnet:
420 Also belehrte die heilige Frau die theuren Befohl'nen,
Bald die Gebote verkündend im Tone der mächt'gen Herrin,
Bald auch kosend mit ihnen nach Weise der zärtlichen Mutter,
Daß sie mit ähnlichem Leben gemeinsam alle dem einen
Könige wären zu Dienst, dem jauchzen die Sterne des Himmels.
Sonst begegnete sie mit größester Ehrenbezeigung
Jenen, die wahrlich sie nährte mit mütterlich zärtlicher Liebe,
Ihre gnädigen Frauen sie selber gar häufig benennend.
Denn so vielmals Enkel und Enkelinnen derselben,
Jene Durchlauchtigen, die großmächtiger Ehren Erhebung
430 Schmückt, zur Ehrerbietung sich bei ihr alle vereinten,
Sie wetteifernd bemüht zu verehren mit köstlichsten Gaben
Als erlauchteste Mutter der Frau des Königs und eig'ne
Ahnfrau, redete sie, so sagt man, also zu jenen:
„Mahnend fordr' ich euch auf, ihr meine theueren Pfänder,
Daß vor allen ihr eilt mit euren würd'gen Geschenken
Unsere gnädigen Frau'n zu versehen in reichlicher Weise,
Denen zu dienen dahier obliegt für unsere frommen

Schutzherrn, welche mit ihrem Verdienst und heil'gen Gebeten
Uns verschafft den Erfolg vom allererwünschtesten Wohlstand
440 Und den Glanz noch dazu von Ehren der Krone des Königs."
In der Weise nun war ihr ganzes Geschlecht überredet
Durch sie, fromm für des Klosters Bedürfniß Sorge zu tragen.
Und die Güter, so viel sie vom Könige Ludwig erhalten,
Ihrer Tochter Gemahl, zur Nutzung eignen Besitzes,
Da auch dies sie gewährte mit ihrer gütigen Liebe,
Ließ als Eigen sie geben der Gandesheimischen Kirche.
Und nicht weniger hob der König selber die Stätte
Auf Fürbitten der frommen und gütigen Kön'gin Liutgard,
Sondern als eigen gewährt' er gar viele Güter derselben
450 Zu Gerbergens Besitz, der uns liebwerthen Aebtissin,
Welche die Schwester ja war der erlauchten Königin selber.
Diese bestätigte dann Arnulfus, der König, als jenes
Thronnachfolger, nach Rechten des Reichs mit schriftlicher Satzung,
Als er die Rebengelände durch seine Schenkung vermehret.
Und so kam dem Kloster noch mehreres Günst'ge zu Statten,
Da sich legten die sehr erhab'nen Verdienste von jenen
Höchsten Priestern ins Mittel, auf deren Ehr' es geweiht war.
Aber damit nicht höher als recht dem gebrechlichen Sinn sich
Rathe zu heben das Glück von solchem so guten Erfolge,
460 Und daß unsre Regentin, die glückliche, Prüfung erleide,
So entzog der Beschluß des wahrhaft heilsamen Spruches,
Kommend von oben, der irdischen Welt gar viele von denen,
Deren Gaben zuvor das Kloster hatten gehoben.
Also da Ludwig[1] bereits, der fromme König, gestorben,
Welcher als erster der Kön'ge gewährt zu unserem Nutzen
Viele Güter, zuvor dem Dienste des Königs verpflichtet,
Auch mit geschrieb'nen Patenten, in seinem Namen gefertigt,

---

[1] Ludwig der Jüngere am 20. Jan. 882.

Hatte die sämmtlichen Rechte von unserem Kloster bestätigt;
Endlich wenige Jahre nach seinem tödtlichen Hintritt
470 Schied die würd'ge Genossin des Reichs, die Kön'gin Liubgard,[1]
O des schmerzlichen Wehs, die uns die Ursach gewesen
Von so vielen Geschenken, aus diesem irdischen Dasein,
Und nicht ohne den größten Verlust an unserem Wohlstand.
Hierauf folgte demselben zum Schmerz ein gleicher Beweggrund.
Denn Aebtissin Gerberga, den besten Sorgen gewidmet,
Die, durch Hülfe von jenen erwähnten Kön'gen gehoben,
Wie der Königin auch durch Schwesterbande vereinigt,
Mit gar reichen Geschenken gar oft das Kloster gezieret,
Unsrem Vermögen dazu noch reiche Gewinnste verschaffte,
480 Nachdem zweimal zehen und zwei sie regieret der Jahre,[2]
Ihre Pflichten anstatt der vor'gen Regentin erfüllet,
Gab, ablegend die sterbliche Last des gebrechlichen Fleisches,
Wieder dem Schöpfer zurück den Odem, empfangen vom Aether,
Und überließ verwaiset an ihre Schwester Christine
Ihre Hürden, derselben zu pflegen und fromm sie zu halten.
Diese, befolgend den Geist der früher geschilderten Schwestern
Und überlegend zuvor, ihr Leben wohl zu verwenden,
Wurde denselben als Muster der höchsten Tugenden ähnlich,
Denen sie stand gleichbürtig durch ihres Geschlechtes Erhöhung.
490 Auch die Mutter von ihr, die keiner Verhältnisse Wechsel
Abzuwenden vermochte der stets standhaften Gesinnung,
Daß sie feurigen Eifers dem Dienste des Herrn sich weihe,
Munterte durch ihr Muster und häufige Mahnungen jene
Auf, daß stets vorsichtig sie möge bewahren, mit Weisheit
Sich umschauend, die Heerde, die war ihr selber vertrauet,
Ferner nach dem Verdienste von ihren verschiedenen Thaten
Bald die Befohlenen milde mit freundlicher Mahnung begüt'gend,

---

[1] Am 30. Nov. 885. — [2] Also 896.

Bald mit härteren Worten, mit Strenge des Rechtes sie schreckend,
Auf daß träges Gefühl des eignen Herzens nicht lasse
500 Einen Gebrauch, zum göttlichen Dienste gehörig, verletzen.
Oda, die Herrin selber, in ihrem Trachten so rühmlich,
Die in glänzenden Strahlen bewundrungswürdiger Güte
Schimmert, geliebt vom Herren und hoch gefeiert auf Erden,
Trachtete stets in der leitenden Art der zärtlichen Mutter
Ihren erkorenen Töchtern herbeizuschaffen ein Jedes,
Wovon kundig ihr war, es forbre das Leben der Nonnen;
Und zum Wunsche der theuren Erzeugerin stimmte mit tiefer
Gottergebung der Herzog, der allen gepriesene Oddo,
Und mit Hülfe der Kön'ge für ihnen erwiesene Dienste
510 Hegt' er und pflegt' er gar mild die Jungfraueinigung selber
Jener Mägde des Herrn und schirmte dieselbe gar liebreich,
Und nichts konnt' ihn dazu aus Liebe zum eigenen Leben
Bringen, entweder dieselben mit ein'gem Verlust zu beschäb'gen,
Oder nicht voll zu verleihn, wie die würdige Mutter geboten.
Und so trachtet' er während der Zeit, die war ihm verwilligt
Für sein Leben, mit allem Bemühn inbrünst'gen Gemüthes,
Stets zu leisten dem Kloster, das seinen Patronen gehörte,
Auch den sicheren Schutz der gewissen eigenen Hülfe.
Und nicht wünscht er zu sein als grimm'ger Gebieter gefürchtet,
520 Sondern von Herzen geliebt nach Weise der gütigen Väter.
Deshalb hat auch mit Recht an jener Stätte bis heute
Trefflicher Ruhm sich erhalten von seiner so frommen Gesinnung.
Und wir selber, bewegt vom Reiz so gewaltigen Rufes,
Die dermalen noch nicht den Leib der Mutter verlassen,
Vielmehr wirklich erst wurden nach längeren Zeiten geboren,
Sind nicht weniger treu von Liebe zu jenem entzündet,
Als die, welche lebendig denselben mit Augen erblickten,
Und die wurden mit Gaben von seiner Güte bereichert.
Also der Mann von solcher so glänzend sich zeigenden Güte,

530 Der mit frommem Gemüth uns Klosterbewohnern gewährte
Solche Güter, vorauf im Tode geheud der Mutter,
Unsrer gebietenden Frau, zum Lohn des verbotenen Apfels,
Welchen gegessen dereinst die erstgeschaffenen Eltern,
Wurde der Glieder entkleidet, gewoben aus erdigem Grundstoff,
O des Schmerzes, und schloß mit Riegeln des Todes sein Auge,[1]
Während die ganze Gemeinde von unseren Schwestern herum stand
An des Sterbenden Bett, viel weinend um ihren Gebieter.
Um mit höchstem Bemühn sein Leichenbegängniß zu feiern,
Kamen mit Thränen herbei ringsher die Stammesgenossen,
540 Und den bitteren Tod von ihrem so theuren Gebieter
Haben sie sämmtlich beweint gleichmäßig mit herzlichem Jammer.
Doch übertraf die Trauer der Fürsten, so wie die Betrübniß
Unter dem Volke zumal die rührende Klage der Nonnen,
Welche, nach jenem gewohnten Gebrechen des weiblichen Sinnes,
Weiter zu leben verschmähend und gleich zu sterben begehrend,
Gar nicht wollten hinfort ein Maß des Weinens mehr halten.
Unbestattet sodann drei Tage verwahrten den Leib sie
Ihres geliebten Vaters zugleich und gütigen Herren,
Gleich als ob sie noch hofften, sie könnten mit reichlichen Thränen
550 Wiederum rufen herbei des Todten entschwundenen Odem.
Endlich bewirkte der neu Ankommenden höchlich verständ'ger
Rath den Beschluß, man müsse der eitelen Hoffnung begegnen
Und nun schnell in das Grab, mit vielem Schmerze bereitet
Und von reichlichen Thränen der ringsum Steh'nden benetzet,
Legen zu würd'ger Bewahrung die Glieder des mächtigen Herzogs
Dort in die Mitte der Kirche, die selber er hatte gebauet.
Hier ward durch wetteifernde Sorge von unseren Schwestern
Mit nicht ruh'ndem Gebet stets anbefohlen die theure
Seele desselben der Liebe des Herrn, der thront in der Höhe,

---

[1] Am 30. Nov. 912.

560 Daß er ihm gnädig gewähre die ewige Ruh ohn' Ende.
Doch acht Tage vorher und eben vor so viel Nächten,
Als sich der traurige Tod von jenem Herzog ereignet,
Wurde dem Sohne desselben, dem einst zum König bestimmten
Heinrich, geboren ein Sohn, der ruhmgepriesene Obbo,
Welcher da ward erkoren durch Gnade des himmlischen Königs,
Nach dem Vater zu sein der erste König der tapfern
Sachsen, zugleich auch Kaiser dazu der gewaltigen Römer.
Als sechs Monat darauf in fliegendem Laufe vergangen,
Seit dies Glanzesgestirn so großen Geschlechtes erschienen,
570 In dem jeglicher glaubt die frohe Verheißung von Christi
Täufer erfüllet zuerst ohn' allen Zweifel zu finden,
Welches berichtet zuvor am Anfang dieses geringen
Liebes ich weiß, an Aeda, die Mutter der Oda gerichtet:
Da ging unsere Hoffnung und Herrschaft, Oba, nachdem sie
Zehnmal zehen und sieben der Jahre gelebet,[1] im hohen
Glück, zu den Sternen, das Leben mit gutem Schlusse vollendend,
Harrend in glücklicher Hoffnung der Zeit, da kehret der Odem
Wieder und aufersteht der volle Körper vom Staube
Dort in der Gruft, jetzt unter dem harten Deckel gebettet,
580 Ganz in der Nähe der Gräber von ihren eigenen Töchtern.
Auch Christine, die nun den Pflegebefohl'nen allein blieb
Als gar große Versüßung des damals nagenden Schmerzes,
Hatte bereits sechs Jahre nach ihrer Mutter verlebet.
Doch beim Rufe des Schöpfers den frommen Geist hingebend,
Einte sie sich im Lande des Lichts und ewigen Friedens
Ihren Schwestern, von denen sie war im Amte der Ehren
Erbin und rühmlich genannt Nachfolgerin geistlichen Lebens.
Diesen nunmehr mit der Mutter zusammen im Himmel vereinigt
Gieb, erhabener Vater, mit dir sich ewig zu freuen,

---

[1] Auch Thangmar und die Jahrbücher von Quedlinburg berichten das zum Jahre 913.

590 Und für immer den Lohn von jenem Gut zu genießen,
Das du verwahrt von Beginn auf ewig für deine Geliebten,
Auf daß dich mit dem Sohne, zugleich mit dem heiligen Geiste,
Als den alleinigen Herrscher, der über den Himmlischen waltet,
Wir mit süßem Gesang wohlthuender Freudigkeit preisen.

Der Hrotsuitha

Gedicht von den Thaten Kaisers Oddo I.

—

Das Gedicht von den Thaten Kaisers Oddo I.

Der erlauchten Aebtissin Gerberga, welcher wegen der Vorzüglichkeit ihres Edelsinns keine geringere Erbietung der Verehrung gebührt, als wegen ihres königlichen Geschlechts hoher Abkunft, bietet Hrotsuit von Gandesheim, die letzte der letzten von denen, welche unter einer solchen Frauen Gebot den guten Kampf kämpfen, was die Dienerin der Herrin schuldet. O meine Herrin, die Ihr mit funkelndem Schimmer geistlicher Weisheit leuchtet, möge es nicht Eurer Erhabenheit mißbehagen, durchzusehen, was, wie Ihr wohl wisset, auf Euren Befehl zu Stande gebracht ist. Ihr habt mir ja die Bürde auferlegt, die Thaten des Cäsar Augustus, die ich selbst vom Hörensagen nicht genugsam aufzufassen vermocht habe, im Maß der Verse zu durcheilen. Wie viel Schwierigkeit wegen meiner Unkenntniß bei dem Schweiße dieses Unternehmens im Wege gestanden, könnt Ihr selber Euch denken, weil ich eben diese weder früher aufgeschrieben gefunden, noch von irgend jemand geordnet und ausführlich erzählt habe erkundigen können, sondern gleichsam wie wenn jemand, der ohne Ortskenntniß mitten durch einen unbekannten Wald gehen wollte, wo jeder Pfad mit dichtem Schnee überdeckt verborgen wäre, und hier ohne Führer, sondern nach bloßer Andeutung derer, die es ihm vorher beschrieben, geleitet, bald im Umwegsamen umherirrte, bald unerwartet auf den Lauf des richtigen Fußweges stieße, bis, nachdem er endlich die Hälfte des Baumdickichts durchmessen, er einen Ort für die ersehnte Ruhe fände und dort Halt machend, gar nicht weiter vorzubringen beabsichtigte, bis, wenn gerade ein anderer dazukäme, er einen Führer erhielte oder er den Fußtapfen eines Vorausgehenden folgen könnte — nicht anders habe ich dies mißliche Gebiet erhabner Begebenheiten, dem Befehl gemäß, auf die Mannigfaltigkeit der königlichen

Thaten einzugehen, mit Schwanken und Straucheln durcheilt und hiervon stark angegriffen schweige ich, an angemessenem Orte Rast machend, und es kommt mir nicht bei, die Schilderung der Hoheit der kaiserlichen Herrlichkeit ohne Führung auf mich zu nehmen. Denn wenn ich durch die höchst beredten Darstellungen sehr sprachgewandter Männer, welche ohne Zweifel entweder schon geschrieben sind oder binnen kurzem geschrieben werden, aufgemuntert sein sollte, erhielte ich vielleicht, womit meine geringe Bildung ein wenig verschleiert würde. Nun aber entbehrt jede dargebotene Seite um so mehr der Vertheidigung, je weniger sie sich auf Gewährsmänner stützt; weshalb ich auch fürchte, der Unbesonnenheit beschuldigt zu werden und den Stricken der Schmähung nicht zu entgehen, daß ich mir herausgenommen dasjenige, was auf das Beredteste mit dem Pomp geistreicher Eleganz darzustellen war, durch die Alltäglichkeit einer ungebildeten Rede zu entstellen. Wenn jedoch die Prüfung eines verständigen Geistes hinzutritt, der wohl versteht die Dinge abzuwägen, so wird, je gebrechlicher mein Geschlecht und je minder an Kenntniß, desto leichter die Entschuldigung sein, vorzüglich da ich nicht aus eigenem Vorwitz, sondern auf Euren Befehl das Gewebe dieses Werkchens anzugreifen begonnen habe. Weshalb fürchte ich aber die Urtheile von anderen, da ich doch blos Eurem Tadel, wenn ich etwas verfehlt habe, unterliege? oder warum sollte ich nicht den Schmähungen entgehen können, da ich nur schuldig bin mich des Schweigens zu befleißigen, damit ich nicht, wenn ich eine Darstellung verbreitete, die sich wegen ihrer Dürftigkeit vor Niemand zeigen sollte, mit Recht den Tadel aller auf mich zöge? Eurem Urtheil aber und dem Eures vertrauten Freundes, dem Ihr diese Unvollkommenheiten zum Vorlegen bestimmt habt, des Erzbischofs Wilhelm nämlich, wie es auch ausfallen möge, überlasse ich es zu beurtheilen.

An Kaiser Oddo I.

Oddo, gewalt'ger Beherrscher des Cäsarianischen Reiches,
Der Du unter dem Schutze der Gnade des ewigen Königs,
Herrlich prangend im Scepter der Augustalischen Ehren,
Alle die früh'ren Auguste durch frommen Glauben besiegest,
Vor dem mancherlei Völker in weiten Gebieten sich fürchten,
Welchen das römische Reich mit Fülle der Gaben beschenket,
Nicht das geringe Geschenk von diesem Liede verachte,
Dir gefalle vielmehr das Bringen von Zinsen des Preises,
Welche die Letzte Dir zahlt in der Gandesheimischen Heerde,
10 Welche mit liebender Sorge von Deinen Vätern versammelt,
Dir ist schuldig zu dienen mit unablässigem Eifer.
Viele beschrieben vielleicht von Deinen Thaten dem Ruhmglanz,
Und ihn wird noch später so mancher in Schriften verkünden;
Aber mir hat von diesen nicht einer ein Muster geboten,
Und kein früheres Buch mich über die Schreibart belehret,
Sondern der Grund für das Werk ist blos Ergebung des Her-
zens.
Sie nur rieth, mich zu wagen an's Werk, vor dem es mich
bangte,
Denn nicht klein war die Furcht, wenn Deine Thaten ich priese,
Daß irrthümlich ich Falsches ergriff', Unwahres erzählend.
20 Doch nicht rieth mir dazu das bösliche Trachten des Herzens,
Noch auch täuscht ich mit Absicht, verschmähend die lautere Wahrheit.

Daß vielmehr es völlig sich so, wie beschrieben, verhalte,
Sagten sie selber mir an, die mir zu beschreiben es brachten.
Nicht mißachte darum des Kaisers Gnade die Ehren,
Die einfältigen Sinns erwiesen ergebene Demuth.
Und ob auch viel Bücher, die Dich gar würdig beloben,
Später werden geschrieben, mit Recht nach Prüfung gefallend,
Möge darum dies Buch nicht sein im Range das letzte,
Das, wie jedermann weiß, nach keinem Vorbild geschrieben.
30 Und wenngleich Du besitzest das glänzende Reich des Augustus,
Möge Dir nicht mißfallen, wenn Du noch König genannt wirst,
Bis, nachdem ich den Preis vom Leben des Königs beendet,
In der richtigen Folge, vereint mit edelem Vortrag,
Ich vom anderen Scepter des Kaisers Zierde besinge.

An Kaiser Oddo II.

Oddo, Du hellschimmernd Juwel des römischen Reiches,
Oddo's glänzender Sproß, des hochverehrten Augustus,
Welchem der König auf himmlischem Thron mit dem ewigen Sohne
Von allmächtiger Höhe gewährt hat kaiserlich Walten;
Nicht das arme Gedicht der armen Nonne verachte,
Welches ja selber Du hast, so gnädig Du dessen gedenkest,
Vor Dein strahlendes Auge zu legen mir neulich befohlen.
Und erblickest Du gleich, wie's häufige Flecken verunziert,
Zeige Dich um so geneigter sodann zu schneller Verzeihung,
10 Als ich bewiesen, wie sehr nur Deinen Befehlen ich folgte.
Hätte mich vorwärts nicht Dein ängstigend Machtwort getrieben,
Niemals hätt' ich auf mich so großes Vertrauen gesetzet,
Daß zur Prüfung ich Dir ein recht armseliges Büchlein

Darzubringen gewagt voll hier vorliegender Schwächen.
Du durch Gnade des Herrn am Hofe gesetzt zu dem Vater,
Seinen Geboten bereit zu folgen und denen des Vaters,
Hast einträchtig mit ihm im weiten Reiche die gleichen
Ehren, und trägst in der Rechten, so zart noch, ein königlich
              Scepter.
Aber bieweil ich gedenke, wie sehr Du wunderbar ähnlich
20 Salomo, Davids Sohne, des allen gepriesenen Königs,
Der auf Geheiß des unsträflichen Vaters, der selber dabeistand,
In erfreulichem Frieden des Vaters Reich übernommen,
Hoff' ich, es werde Dein Herz an seinem Muster befriedigt,
Welcher pflegend des Reiches die stolze Hofburg bewohnet,
Reiflich erwägend Beschlüsse der heil'gen Gesetze verordnet
Und durchdringend das Räthsel der Dinge mit geist'ger Ver=
              tiefung,
Wieder auch gerne den Geist, ganz Kleines ergründend, herab=
              stimmt,
Selbst nicht achtet für Raub den Streit zu schlichten von jenen
Beiden nach Recht, mit rascher Entscheidung treffenden Urtheils
30 Wieder zu geben ihr Kind der wirklichen Mutter befehlend.
Hiernach ruf ich Dich auf als unsern Salomo, flehend,
Wenngleich wegen des Reiches Verwaltung Sorge Dich einnimmt,
Laß Dich gütig herbei, der Nonne, die gänzlich Dir eigen,
Neu gefertigtes Lied mit schnellem Blicke zu lesen,
Auf daß sinke zu Boden ein jeglicher linkischer Ausdruck
Uebel geordneter Rede, des Kaisers Augen verletzend,
Und mit der Aufschrift Weihe von Deinem gepriesenen Namen
Schirm' es vor heftigem Hauch nicht unverdienter Verachtung.

———

Als der Könige König, der einzig ewiglich herrschet,
Aller Könige Zeiten aus eignen Kräften verwandelnd,

Ueberzutragen geboten die glänzende Herrschaft der Franken
Auf das berühmte Geschlecht der Sachsen, welches den Namen
Führet vom Sachsensteine[1], so fest wie der harte Charakter:
Uebernahm es der Sohn des großen und würdigen Herzogs
Oddo, Heinrich mit Namen, zuerst das Scepter des Königs
Für sein Volk zu verwalten mit segensvoller Regierung.
Welch eine Fülle des Ruhmes ihm ward für edle Gemüthsart,
10 Und wie fromm er regiert die unter ihm stehenden Völker,
Und wie hoch er mit glänzenden Thaten vor sämmtlichen Kön'gen
Damals ragte hervor, geht über die Künste von diesem
Ganz werthlosen, dazu höchst mangelhaften Gedichte.
Denn ungütig den Bösen bezeigt' er Gerechten sich liebreich,
Voll vom Eifer, zu wahren das Recht nach Gesetzes Bestim=
  mung,
Auch für jedes Verdienst gleichmäß'ge Belohnung gewährend.
Ihm hat Christus bescheeret, der friedliche König von oben,
Frieden hienieden im Reiche für alle Zeiten des Lebens.
Stets vom Glücke begleitet, behielt er den Thron in dem Reiche,
20 Irr' ich mich nicht, zehn Jahre der Zeit, die schwindet so schnell
  hin,
Und sechs andere noch, die sämmtlich in Glück er verlebte.[2]
Und es herrschte mit ihm Mathilde, die herrliche Gattin,
Welcher anjetzt im Reiche nicht eine sich möchte vergleichen,
Also, daß sie dieselbe durch größres Verdienst überträfe.
Dieser nun hatte gewährt der dreieinige Gott drei Söhne,
Schon dermalen das glückliche Volk gar milde versorgend,
Daß wenn Heinrich gestorben, der hochzuverehrende König,
Nicht des Reiches Gewalt Ruchlose mit Bosheit ergriffen.
Vielmehr sollten die Söhne, gesproßt vom Stamme des Königs,

---

[1]) Das Wortspiel des lateinischen saxum, Stein, und des deutschen Saxones, Sachsen, läßt sich nicht wörtlich übersetzen.
[2]) Vom April 919 bis zum 2. Juli 936, also mehr als 17 Jahre.

Von den Thaten Oddo's.

10 Mit einträchtigem Frieden das Reich des Vaters regieren,
Obzwar ihnen nicht wurde der gleichen Ehre Bezeugung,
Da dem einen, der herrscht, zwei unterthänig geworden.
Wie das Morgengestirn beim Aufgehn, glänzte vor diesen
Oddo zuerst, im Strahle der hellsten Mildigkeit schimmernd,
Welchen erkoren die Gnade des ewigen Königs in seiner
Alten Liebe, nach Brauch das treue Volk zu regieren.
Aeltester durch die Geburt, war auch an Verdienst er der Größre
Und als todt nun der Vater, das Scepter führen geeignet.
Nicht Noth thut es, zu sagen mit Worten die Summe der Brav‑
heit,
40 Noch das verdienstliche Lob des hohen Jünglings zu preisen,
Welchem Christus bereits jetzt also vermehret die Würde,
Daß er Roma, die stolze, besitzt nach völligem Rechte,
Welche das oberste Haupt stets war von der Veste des Erdrunds,
Und mit der Gnade des Herrn die grimmigen Völker besieget,
Welche zuvor gar häufig die heilige Kirche zerfleischten.
Heinrich wurde nach ihm zu glücklicher Stunde geboren,
Kenntlich jedem als Träger des Namens des Vaters und Königs,
Welchen zugleich hat Christi des Herrn vorschauende Weisheit
Werth zu bewahren gehalten dem Volk als tapferen Herzog,
50 Daß er als tapfrer Kämpfer und trefflich erfahren in Kriegskunst
Werde zum kräftigen Schutze der hochzuverehrenden Kirche,
Gleich der Mauer mit Trutz abwehrend des Feindes Geschosse.
Brun wird nach ihm geboren, ein Hirte der heiligen Kirche,
Welchen die hohe Gnade des obersten Priesters erachtet
Werth zu besorgen das Heil der Seelen des gläubigen Volkes.
Drum auch ließ auf göttlichen Wink fromm sorgend der Vater
Selbigen nun zum Dienste des Herrn für immer verbinden,
Fort vom liebenden Schooß der theueren Mutter genommen,
Daß er möge bestehn, vom Königsglanze verlassen,
60 Nun ein Ritter am himmlischen Hofe des ewigen Königs.

Christus aber, des Vaters, des ewigen, lautere Weisheit,
Seines Knappen in Liebe besonders milde gedenkend,
Hat ihm herrliche Gaben so großer Weisheit verliehen,
Daß nicht einen es giebt, den weiser als ihn man erfände
Unter den sterblichen Weisen von dieser gebrechlichen Erde.
Als erzogen nunmehr nach Königsweise die Knaben,
Faßte derselbigen Vater, der lautgepriesene König
Heinrich, solchen Beschluß, den richtig ins Leben er setzte,
Daß, so lang er in Kraft die warmen Lüfte des Lebens
70 Athmet', er selber erwählte dem Erstgebornen und künft'gen
König Oddo bereits die seiner würdige Freundin,
Welche dem eigenen Sohn sich passend könnte verbinden.
Selbige mocht' er jedoch nicht suchen im eigenen Reiche,
Sondern er schickt hin über das Meer fürsicht'ge Gesandte
Zum so herrlichen Lande des englichen Volkes da drüben,
Sie anweisend sogleich, mit dargebrachten Geschenken
Um Eaditha zu werben, die Tochter des Königes Edward,
Die am Hofe noch weilte, nachdem ihr Vater gestorben,
Während der Bruder das Scepter regiert' im Reiche des Vaters,
80 Welchen dem König geboren die nicht gleichbürt'ge Genossin;[1]
Aber von edelstem Blute war dieser erhabenen Herrin
Mutter, das andere Weib von ziemlich geringem Geschlechte.
Diese von mir in Versen besungene Tochter des Königs,
Wahrlich, sie war bei allen bekannt durch preisende Reden,
Vornehm durch die Geburt, von höchsten Tugenden strahlend,
Von dem erhabenen Stamm der großen Kön'ge geboren,
Deren so heitere Stirn umflossen vom Glanze der Reinheit
Lieh der Königsgestalt gar wunderbar schimmernden Liebreiz.
Und sie selber, erglänzend im Strahle vollendeter Güte,
90 Hatte daheim sich erworben den Preis von solcher Belobung,

---

[1] Aetelstan, geboren von der ersten Gemahlin Egwina; Eaditha oder Eadgit war die Tochter der zweiten Gemahlin Aelfleda. Die Hochzeit war im Jahre 929.

Daß in der Meinung des Volks einstimmig von ihr man erklärte,
Sie von allen den Frau'n, die lebten, sei jetzo die beste.
Leuchtete sie durch hohes Verdienst, nicht war es ein Wunder,
Da zu heiligen Ahnen hinauf sie führte den Ursprung.
Denn man sagte, sie sei entsprossen dem heiligen Stammbaum
Königs Oswald, welchen die Welt lobpreisend besinget,
Weil dem Tod' er sich hat für Christi Namen geweihet.[1]
Aber es kamen herbei die Boten von unserem König.
Dort zu der Fürstin Bruder, die damals weilt' in der Hofburg,
100 Und eröffneten ihm den ganzen heimlichen Auftrag,
Welcher gar sehr ihn erfreute, nachdem er ihn sicher vernommen.
Und er berichtete drauf mit sanfter Stimme der Schwester,
Ihr zuredend sie möchte dem treuen König gehorchen,
Welcher gefaßt den Entschluß, sie dem eigenen Sohn zu vermählen.
Und nachdem er hier hatte gegossen mit freundlicher Mahnung
Süße Lieb' ins Gemüth für Oddo, den fürstlichen Jüngling,
Schafft er unendliche Schätze mit vielen Mühen zusammen.
Doch als deren ihm schien in genügender Fülle versammelt,
Sendet' er über das Meer in schicklicher Freunde Begleitung
110 Höchlich geehrt und sicher die obenerwähnte Gebiet'rin,
Schätze von köstlicher Art derselben als Gabe gewährend.
Mit ihr sandt' er zugleich die Schwester Abiva hinüber,[2]
Die an Alter sowohl als Werth vor jener zurückstand.
Daß er solchergestalt noch größere Ehren erweise
Oddo dem lieblichen Sohne des höchlich gepriesenen Königs,
Sendend als trefflicher Freund zwei Fräulein seines Geschlechtes,
Daß ihm, welche zur Braut er begehrt, frei stände zu wählen.
Doch Eadit, die Verehrte, gefiel mit Recht bei dem ersten
Anblick allen sogleich als höchster Tugenden Ausdruck,
120 Und ward völlig als werth des Königskindes erachtet.

---

[1] Erschlagen am 5. August 642. — [2] Auch Elfgifa genannt.

Ihm gab dieses berühmte Gemahl ein theueres Knäblein,
Ludolf war es genannt, das werth war solcher Erzeuger.
An ihm hingen mit Recht die Völker mit zärtlicher Liebe
Und erflehten für ihn ein lang' ausdauerndes Leben.
Als dies also besorgt, da nahte sich endlich das Ende
Heinrich dem König, es weint' ob seines Todes das ganze
Volk, das seinem Gebot und seinem Reiche gehorsam.
Da nun dieser gestorben,[1] ergriff die Zügel des Reiches
Obbo, würdig der Ehren als Erstgeborner des Königs.
130 Und von sämmtlichen Volks einstimmigem Wunsche berufen
Ward er gesalbt mit Hülfe des Herrn zum mächtigen König.
Diesem gewährte der König des Himmels Gaben von solcher
Gnade, daß der mit Fug von allen und jedem gerühmt ward,
Aller Könige Glanz mit seinen Thaten verdunkelnd,
Welche das flutende Meer mit rollenden Wogen umfließet.
Dazu beschützt' ihn immer die heilige Hand des Gewalt'gen,
Wenn mit heimlichem Trug Anschläge sein Leben belauert,
Und hat oft ihn geschmückt mit so prachtvollen Triumphen,
Daß man wähnet, es herrscht der getreue David als König,
140 Wieder mit Hoheit thronend im Glanze der alten Triumphe.
Doch nicht lenkt' er allein die Völker mit gütigem Zügel,
Die schon früher den Nacken des Vaters Herrschaft gebogen,
Nein, weit mehrere noch nahm selber für sich er in Anspruch,
Christi Knechten zu Dienste die heidnischen Länder erobernd,
Auf daß stätiger Frieden erwachse der heiligen Kirche.
Wie vielmal' in den Krieg auch immer er selber gezogen,
Gab es doch nimmer ein Volk, wie sehr auf den Muth es auch
        pochte,
Daß ihm vermochte zu schaden, geschweige denn ihn zu besiegen,
Einzig gelehnt auf Hülfe, die kommt vom himmlischen König.

---

[1] Am 2. Juli 936.

150 Auch wich nimmer sein Heer vor irgend welchen Geschossen,
Außer wenn es vielleicht verschmähend des Königs Gebote
Dort zu kämpfen gewagt, wo selber der König verboten.
Herzog Heinrich indessen, des Königs erhabener Bruder,
War der erste des Reichs, dermalen der Ruh' sich erfreuend,
Nach dem König mit Recht vom ganzen Volke geachtet,
Der mit gesetzlichem Bande sich würdig in Liebe verbunden
Mit der abligen Tochter Arnulfs, des trefflichen Herzogs;[1]
Judith hieß sie mit Namen und glänzt in blendender Schönheit,
Doch weit lieblicher noch im Schimmer vollendeter Güte.
160 Als dies wurde beschickt, war rings bei den Unsrigen Frieden
Für eine ziemliche Zeit, doch kürzer als wünschten die Völker,
Während der grimmige Klang des Schlachtengetümmels verhallte.
O welch' ruhige, fröhliche Zeit wär's möglich zu haben
Für das sonst so beglückte Gemeinwohl unseres Volkes,
Welches des weisen Königs Gebot aufs Beste regieret,
Wenn die böslische List des Widersachers von Anfang
Nicht mit heimlichem Trug uns störte den heiteren Frieden.
Nachdem endlich besiegt mit Ehren die Waffen des Auslands,
Hebt urplötzlich sich an durch Heimische heftiger Hader
170 Und es beschädigt das Volk, das getreue, die Fehde zu Hause
Schlimmer als sonst vielfältigen Kriegs oft drückende Dienste.
Für dies klägliche Leid war gar kein kleiner Beweggrund
Das maßlose Benehmen im Streit von etlichen wen'gen.
Unter ihnen ein Theil war Heinrich, dem Bruder des Königs,
Mit wohlmeinendem Sinne geweiht zum Dienstesverhältniß,
Aber der andere war Graf Eberharden[2] ergeben.
Doch weil jeglicher sucht nach Beistand seines Gefolgsherrn,
Kam's, daß selber den Herrn gar heftiger Hader entbrannte.
Als sich offen zuletzt stets weiter entwickelt der Zwiespalt,

---

[1] Von Baiern. Die Zeit dieser Vermählung ist nicht genau bekannt.
[2] König Konrads Bruder.

180 Sandte der Häuptling, den ich genannt, sein böslich gewordnes
Kriegsvolk, daß es sogleich die Burg Babulik[1] überfiele,
Mitten im Dunkel der Nacht sie berennend in plötzlichem Handstreich.
Und so führt' er gefangen den abligen Bruder des Königs,
Heinrich, ihm einschmiebend in blutiger Fessel die weißen
Hände, wohl eher geschaffen ein köstlich Geschmeide zu tragen.
Und nachdem er desselben unsägliche Schätze verschleudert,
Führt' er davon nach Hause den Sohn des eigenen Herren
Und mißbrauchte den Sohn des Gebieters als Bundesgenossen.
Als es der König erfuhr, da trauert' er heimlich im Herzen
190 Und er beweinte betrübt dies jammervolle Ereigniß.
Schwer nun tragend den harten Verlust des theueren Bruders,
Ahmt' er das edle Benehmen Erzvaters Abraham gleich nach,
Das er erbarmend bewies, da Lot er erlöst von den Feinden.
Und nachdem er an Kriegern mit ernster Bemühung versammelt
Ein unzähliges Heer, aus sämmtlichem Volke gewählet,
Rückt' er im Königspompe hinaus, um Rettung zu bringen
Seinem Bruder, gebeugt von ganz unendlichem Herzweh.
Und kein Säumen, den Bruder erlöst' er, um den zu befrei'n er
Auszog, und ließ büßen die Stifter so schrecklichen Frevels.
200 Etliche hängt' er an's Holz, den Uebelthätern bereitet,
Andern befahl er hinweg von der theueren Heimat zu wandern.
Als dies trefflich geordnet des weisen Königes Wille,
Brachte von neuem zu Stande des Erzfeinds arge Verführung
Einen gar list'gen Betrug, weit schlimmer als selber der erste,
Allen Zeiten mit Recht zum Greuel geworden und Abscheu.
Als nun endlich zurück in die theuere Heimat gekommen
Eberhard aus dem Banne, das obenerwähnte Parteihaupt,
Und ihm dieses gewährt die milde Gnade des Königs,
Gab Graf Gisilberten,[2] durch Liebesband' ihm verbunden,

---

[1] Belecke südlich von Lippstadt, im Jahre 938. — [2] Herzog von Lothringen.

210 Dieser den Rath, den nimmer Du gut, o Christus, geheißen,
Ihn, den Geweihten des Herrn, den gerechten König, zu fangen,
Und, was schlimmer noch, übend Gewalt rechtlos am Gerechten,
Ihn dann selber in böslichem Weg zu berauben der Herrschaft.
Und denselbigen Plan, entsprungen verworfner Gemüthsart,
Priesen Getreue des Königes Heinrich, dem leiblichen Bruder,
Mit arglistiger Red' ihm schmeichelnd über die Maßen:
Nicht jetzt mög' er vergelten die früher erlittnen Verluste,
Sondern sich fügend vielmehr in ihr ruchloses Begehren
Selber ergreifen die Zügel des Reichs, entthronend den Bruder.
220 Und er ließ sich zuletzt von schmeichelnder Arglist besiegen,
Ach, und erklärt sich bereit, nach ihren Wünschen zu handeln,
Mit ausdrücklichem Wort sich deutlich ihnen verpflichtend.
Aber ich hoffe zu Gott, nicht also meint' er's im Herzen,
Sondern er stimmte mit ihnen, dazu nur gewaltsam gezwungen.
Denn unselig befangen in leerer Hoffnung Vertröstung
Wähnten sie, wenn er dereinst als König die Völker beherrschte,
Ihn gar bald zu beherrschen mit eignem gebrechlichen Ansehn.
Aber der Fürst in der Höh', der gerechteste Richter des Erdrunds,
Welcher von allen allein von fern die Gedanken erkennet
230 Und kann machen zunichte die Ränke des sterblichen Herzens,
Er zerbrach mit der Kraft der mächtigen Rechten, womit er
Alles Geschaffene schuf, so großen Frevels Beginnen,
Schickend daher das Verderben, bereitet des Herren Gesalbtem,
Ueber die Thäter so großen Vergehn's, ganz wie sie verdienet,
Und die Stricke, gelegt dem eigenen Herren in Bosheit,
Ließen in ihnen zuerst sie selber bringen zu Falle.
Nicht mag über Gebühr ich mich rühmen so hoher Begabung,
Daß ich gedächte mit Worten es ganz aussprechen zu können,
Mit wie großer Gewalt der himmlischen Gnade so häufig
240 Christus selbigen König, von ihm nach Würden gesegnet,
Heil durch vielen Verrath und heimliche Lebensgefährdung,

Welche bereitet der Feinde Partei, ließ mitten hindurchgehn.
Aber ich mein' auch, nimmer geziemt's dem gebrechlichen Weibe,
Welches da ward in die Stille des ruhigen Klosters gesetzet,
Daß sie schildert den Krieg, den nicht ihr tauget zu wissen;
Dies bleibt besser bewahrt für ganz vollkommene Männer.
Das, was bleibet das End' und der Anfang sämmtlichen Kön'gen,
Von dem red' ich allein, dies kann ich mit Fuge verkünden.
Wer denn gab dem Bemühn das Vermögen, im Geiste der Weisheit
250 Alles und jedes zu sagen mit weise gewähletem Ausdruck?
Er, der immer allein die Wunderthaten bewirkt hat,
Auch so häufig entrissen den gläubigen König, den David,
Saul's nachstellender List, und gab ihm das Scepter des Reiches,
Er hat ebenso diesen in Furcht des Herren dem David
Stets nacheifernden König in tausend Gefahren beschirmet.
Ja selbst, als er allein, von wenigen Kriegern begleitet,
Rings umgeben sich sah von Kriegeshaufen der Feinde,
Und noch ferner die Flucht, die schnöde, des eigenen Heeres
Ganz ihm füllte das Herz mit schwerem Kummer und Sorgen,[1]
260 Und er nicht wagte sogar den wenigen selber zu trauen,
Welche noch nicht ihn verlassen, da von ihm andre gewichen,
Vielmehr einzig erwartet, in Bälde des Todes zu sterben:
Setzt' er sogleich das Vertrau'n in den himmlischen, mächtigen
                 Beistand,
Und nun konnt' er, o Wunder, besiegen der blutigen Rotte
So furchtbaren Verrath ganz ohne Gefährdung des Lebens.
Aber vernahm er einmal, wenn schlimmer und schlimmer der
                 Kampf ward,
Daß hinsanken die Freunde, von tödtlicher Wunde getroffen,
Da mit Weinen gedacht' er der Worte des Königes David,
Die voll Schmerzen er sprach, als traurigen Herzens zuvor schon

---

[1] Bei der Belagerung von Breisach 939.

270 Er sah sterben das Volk, getroffen vom Schwerte des Engels.[1]
„Siehe, so sprach er, ich habe gefehlt und begangen die Unthat,
Deshalb bin ich es selbst, der solche Strafe verdient hat.
Welches Vergehen begingen denn die, die solches erlitten?
Drum in Gnaden erbarme Dich, Herr, jetzt Deiner Erlösten,
Daß nicht drücke zu hart Unschuldige feindliches Wüthen."
Und ob dieses Gebets verschonte die göttliche Allmacht,
Sich erbarmend wie sonst, in Gnaden die Diener des Königs,
Und gab über die Feinde die heiß ersehnten Triumphe,
Jene Grafen jedoch mit gutem Bedachte vernichtend.
280 Denn den nämlichen Tag, wo voll von eiteler Hoffnung
Sie den König gehofft mit ihren Banden zu fesseln,
Ihn, dem Recht und Gesetz des Reiches Scepter gegeben,
Siehe, da stürzte so plötzlich hervor der Gebietiger Ubo,[2]
Mit sich führend herbei gar stattliche Schaaren von Kriegern,
Und mit tapferem Streite begann er gewaltige Fehde.
O wie geschwind lag Eberhard da, durchbohrt von den Schwertern,
Gisilbert aber ertrank auf der Flucht in den grimmigen Wellen.
Doch nichts ahnte der König indeß vom tapferen Kampfe,
Denn er weilt' in der Fern, dort drüben am Ufer des Rheines,
290 Noch nicht hatt' er erfahren den Trost so gewaltiger Hülfe,
Den in Erbarmen der Herr ihm sandte durch plötzliche Fügung.
Als er am Ende vernommen so großen Kampfes Entscheidung,
War er mit nichten erfreut, daß seine Feinde der Tod traf,
Sondern von Herzen betrübt ihn das Ende so mächtiger Männer,
Und hub an gar heftig zu weinen nach Weise des David,
Der einst klagte so fromm um Saul, den Gesalbten und König.
Aber, da froh nun waren die Sieger erschienen und sahen,
Wie ward feucht sein Gesicht von den häufig vergossenen Thränen,
Sprachen sie: „Wahrlich, es taugt nicht Trauer bei solchen Triumphen,

---

[1] Nach 2. Samuel. 24, 17. — [2] Graf von der Wetterau.

300 Vielmehr ziemt's, Danksagung zu bringen dem ewigen König,
Welcher in liebender Treu das nun in Erfüllung gebracht hat,
Was in Salomo's Buche, des Königs, deutlich geschrieben,[1]
Welcher da sagt, man solle von Trauer befrei'n den Gerechten,
Und daß preis man gebe den Bösen anstatt des Gerechten."
Mit solch innigem Dringen das Herz einnehmend des Königs,
Brachten sie diesen dahin, zu vergessen so großer Betrübniß,
Und sich freuend zugleich mit dem Heer, das gesieget mit Ehren,
Nach dem Kriege sich froh vor seinen Getreuen zu zeigen.
Während er nämlich im Blick ausdrückte gemäßigten Frohsinn,
310 Aber geheim in der Brust noch Schmerzensgefühle bewahrte,
Stattet' er Dank ab Christo dem Herrn aus dem Grunde des
Herzens,
Daß er ihn nicht in die Hand von seinen Feinden gegeben,
Ihnen zum Raub, von oben vielmehr ihn geschützt mit der Rechten.
Aber den strahlenden Ruhm so großen Triumphes nun selber,
Nicht sich maß er ihn bei, nein blos der Gnade des Herren.
Als dies also beendet, so ruhten auf etliche Zeiten
Aus die Völker, vom Streite der inneren Fehden ermüdet.
Aber es nahmen noch immer kein Ende die Listen des Erzfeinds,
Welcher beständig versucht zu verwirren die schwachen Gemüther,
320 Rathend nach üblem Thun noch schlimmeres ihm zu gesellen.
Wirklich soll er, so heißt's, durchdrungen haben die Herzen
Etlicher so mit der Galle verderbenbringenden Giftes,
Daß sie wollten den Tod dem treuen König bereiten,
Und den leiblichen Bruder dem Volk zum Könige setzen,
Und nicht scheuten, der Ostern geheiligten Tag zu beflecken,
Wenn dies könnte geschehn, mit vergossenem Blut des Gerechten.[2]
Aber es willigte nicht in solchen Frevels Vollendung
Jenes gefeierte Lamm, das uns dem Verderben entreißend,

---

1) Sprüche Salomonis 11, 8. — 2) Am 18. April 941 in Quedlinburg.

Sich freiwillig zum Opfer dem Vater im Tode dahingab,
330 Sondern es machte gar bald für jeglichen klar ihr Beginnen.
Und so wurde das Blut des Gerechten glücklich errettet.
Doch die schuldig man fand so niederträchtiger Pläne,
Wurden gemäß dem Vergehen zu harten Strafen verurtheilt.
Etliche nämlich verdammte der Spruch, ihr Leben zu lassen,
Andere wurden verjagt weit fort von der theueren Heimat.
Hierauf dachte darüber der fürstliche Bruder des Königs
Heinrich, im Inneren des Herzens bewegt durch Gnade des Herren,
Bei sich nach, mit heftigem Schmerz sich dessen erinnernd,
Was er wieder das Recht nur jemals hatte begangen.
340 Aber vor allem beweint' er auch dies mit heftigen Klagen,
Daß er so schmählich gewichen den schmeichelnden Reden von jenen,
Die mit trügenden Worten ihn selber hatten gefangen.
Aber wie schwer er auch trug im Herzen so große Betrübniß,
Dennoch getraut' er sich nicht, in langhindauerndem Zeitraum
Gegenüberzutreten den Blicken des Königes selber,
Sondern allein von fern, aus eifrigem Drange des Herzens,
Fleht' er, es werd' ihm verliehen das süße Geschenk der Ver=
zeihung.
Aber zuletzt fürwahr von mächtiger Liebe bezwungen
Warf er hinweg vom Gemüth urplötzlich die Furcht vor der
Strafe,
350 Und bei nächtlichem Dunkel, gehüllt in tiefes Geheimniß,
Kam er in Eile herbei, zur Königsstadt[1] sich begebend,
In der eben sich rüstet der fromme König, zu feiern
Demuthsvoll, wie geziemet, des ewigen Königs Geburtsfest.
Und nachdem er sich hatte des köstlichen Schmuckes entkleidet,
Wählt er zum Anzug aus ein Gewand nur schlecht und geringe.
Unter den heil'gen Gesängen der hochehrwürdigen Weihnacht

---
[1] Frankfurt, am 25. December 941. Heinrich befand sich als Gefangener in Ingelheim und war von dort entflohen.

Nackten Fußes betretend die heilige Schwelle des Domes,
Scheut' er sich nicht vor grimmigem Frost beim Toben des
            Winters,
Sondern er warf sich nieder am heil'gen Altar mit dem Antlitz,
360 Fest anschmiegend den abligen Leib der gefrorenen Erde.
So mit der ganzen Gewalt des schmerzlich bewegten Gemüthes
Flehte der Herzog darum, der Verzeihung Geschenk zu gewinnen.
Als es der König vernommen, besiegte die Liebe die Strenge,
Und des nahenden Festes, das alle verehren, gedenkend,
Bei dem Friede der Welt verkündet die Himmelsbewohner,
Ihres Königes froh, von zarter Jungfrau geboren,
Daß er liebend erlöse die Welt, schon reif zum Verderben;
Solchem Tage mithin, dem Bringer des Friedens zur Ehre,
Fühlt' er Erbarmen, gerührt vom Schuldbekenntniß des Bruders,
370 Und gönnt liebend ihm wieder Besitz von seiner Geneigtheit,
Nebst dem ersehnten Geschenk von seiner vollen Vergebung.
Aber nachdem ein Weilchen in kürzerer Frist nun vergangen,
Gab er in seine Gewalt die Großen alle, die zählet
Jener gewaltig gepriesene Stamm des Bairischen Volkes,
Selbigen ganz nach Würden zum mächtigen Herzog erhebend.[1]
Und seitdem ward später die Zwietracht nimmer erneuert
Unter ihnen, vereint im Bruderbunde von Herzen.
Und die grimmen Abaren,[2] von ihm gar häufig bezwungen,
Haben fortan das weite Gebiet des Königes Oddo
380 Nimmer verletzt, wie sonst sie gewohnt, mit blut'gen Geschossen.
Und nicht wagen sie selbst angrenzende Völker zu schäd'gen,
Schreckenerfüllt von der Furcht vor jenem gewaltigen Herzog.
Denn in vollem Genusse der Kraft weitblickenden Geistes
Hatt' er, in häufigem Krieg dies Ungeziefer von Menschen
Treffend, die sämmtlichen Pfade nach unseren Ländern verschlossen,

---

[1] Nachdem am 23. Nov. 948 Herzog Berthold gestorben war. — [2] Die Ungarn.

Zog auch ferner zuerst, mit Christi Namen sich deckend,
Kühn mit Schaaren des Stamms, der seinem Gebote gehorsam,
Gegen das Land desselbigen Volks, das also gefrevelt,
Schlagend zurück das Geschlecht, das allen Fehde geboten.
390 Und nachdem er den Raub vielfält'gen Besitzes gewonnen,
Welchen zuvor sich gesammelt der ganzen Erde gemeiner
Feind, heimsuchend das Land so vieler mit arger Verwüstung,
Raubt' er den Großen dafür die geliebten Weiber und Kinder,
Und kam fröhlich zurück nach solcher Besiegung der Feinde.
Als sich dieses begab, war plötzlich die traurige Stunde
Nahe gekommen und bracht' unsägliche Schmerzen den Unsern,
Wo vom letzten Gestade des gegenwärtigen Lebens
Schied die Kön'gin Aebita,[1] die hell von Tugenden strahlte,
Bringend dem Volk, das ihrem Gebot sonst freudig gedienet,
400 Eitel Trauer und Leid des tief verwundeten Herzens,
Als von hinnen sie ging, die nun mit größter Betrübniß
Sämmtliches Volk nach ihrem Verdienst von Herzen beweinte,
Welches sie lieber gehegt mit zärtlicher Sorge der Mutter,
Als sich bemüht, es zu zwingen mit strengem Gebote der Herrin.
Daß ihr ewige Ruhe dafür und Freud' ohn' Ende
Wurde sogleich zu Theil, die Christus bereitet den Guten,
Welche bereinst hier lebten, wohl niemand möcht' es bezweifeln,
Welcher den rühmlichen Preis des lauteren Lebens derselben
Näher gekannt und sah, welch mildes Gemüth sie bewiesen.
410 Dennoch war es mit nichten ein Wunder, gemäß der Gewohnheit
Menschlicher Art, wenn bitter das Volk in Klagen sich ausließ,
Als so plötzlich ihm wurde so große Hoffnung genommen,
Und der Herrin Gestalt, der fürstlichen, innig geliebten,
Sammt dem schimmernden Ruhm des ihr dienstpflichtigen Reiches,
Wurde zur Erde bestattet, im weiten Schooße zu ruhen,

---

[1] Schon am 26. Januar 946.

Bis sie von neuem ersteht und unvergänglich zurücknimmt
Jenen so herrlichen Leib, den jetzt ihr Hügel bedecket.
Diese nun ließ ein Knäblein zurück, das kurz schon erwähnt ward,
Ludolf mit Namen geheißen, in schmerzensvoller Verwaisung,
420 Dazu ferner vom zweiten Geschlecht ein liebliches Kindlein,
Welche Liutgart hieß mit höchster Güte gezieret,
Gleichend der Mutter, der Ehren so werth, in Wesen und Antlitz.
Diesen Sprossen des theueren Stammes nun kam in der That
                             jetzt
Sämmtliches Volk entgegen mit vollster Neigung des Herzens,
Ganz dem erhabenen Werth von beiden Eltern entsprechend.
Aber noch mehr und wahrlich mit Recht in heißester Liebe
Zu Ludolfen, dem Herrn, dem Königskinde erglüht' es,
Ihn umfangend mit ganzem Vertrauen der liebenden Seele.
Dieser nun, folgend mit Eifer der angeborenen Gemüthsart,
430 Wurde von allen geliebt ob seiner milden Gesinnung.
Gütig und sanft, demüthig, getreu fast über die Maßen,
Ward ihm dafür zum Gewinn durch Christi güt'ge Gewährung
Solch eine Gunst, die würdig und wohlerworben er hinnahm,
Unter den sämmtlichen Völkern, die seinem Vater gehorchten,
Daß, wer immer auch nur ganz wenige Worte desselben
Hatte berichten gehört und günstigen Ohres vernommen,
Gegen ihn ganz ergriffen sich fühlt' in inniger Liebe,
Mit hingebendem Herzen den fernen Herren verehrend.
Aber der treffliche Vater, sein hoher König und Lehnsherr,
440 Hob ihn, welchen der Tod der geliebten Mutter so hart traf,
Nun zu den Ehren empor, die wahrlich nach Würden die Neigung
Seines Vaters ihm gab und seine so güt'ge Gesinnung,
Fürstengewalt im gehorchenden Reich ihm würdig verleihend.
Ebenso war er aus ähnlichem Grund der verehrten Liutgard,
Welche vom Frauengeschlecht als einzige Hoffnung ihm aufwuchs,
Mit derselbigen Gnade geneigt, sie liebend und ehrend.

Diese gesellt' er darauf mit Banden der Liebe dem Konrad,
Seinem vortrefflichen, wackern, dazu höchst tapferen Herzog,¹
Welcher sich würdig erwies für solcher Ehren Gewährung.
450 Und auf daß er so recht ergeben mache dem Ludolf,
Seinem Sohne, mit völliger Lieb' anhänglichen Sinnes,
Alle die mächtigen Herren des edlen Geschlechtes der Franken,
Ebenso wie die sämmtlichen Fürsten vom Stamme der Schwaben,
Hieß er ihn selbst sich vermählen in bindender Ehe der Ida,
Prangend in Schöne, der Tochter des mächtigen Herzogs Her=
 mann,
Welcher da war der erlauchteste Fürst in jenen Gebieten.
Auch war dessen sie werth, dem Königssohn in dem Ehbund
Nahe zu stehn, durch hohes Verdienst rechtschaffner Gesinnung.
Und ihr wurde gedient gleich einer Kön'gin mit Ehren,
460 Weil es der König befahl voll Güte, wie seine Gewohnheit.
Auch nicht wollte sie lassen derselbige König bewohnen
Einen gesonderten Sitz, erfüllet von Liebe zum Sohne,
Sondern sein weites Gebiet ließ er sie bereisen als Kön'gin,
Auf daß möge daran sein Sohn, den innig er liebte,
Stets erkennen das süße Geschenk so mächtiger Gnade,
Wenn ihm selbst er am Hofe des Reichs mit der Gattin vereint
 sei.
Aber es war indessen Lothar, der italische König,
Schwer von Krankheit ergriffen, von dieser Erde geschieden,²
Lassend Italiens Reich als wohl verdientes Besitzthum
470 Der er in Liebe sich hatte vermählt, der erhabenen Kön'gin,
Einst als Tochter geboren dem mächtigen Könige Rudolf,³
Sprießend aus weitaufreichendem Stamm großmächtiger Kön'ge.
Dieser verlieh den strahlenden Namen der Eltern erlauchter
Adel, warum ganz würdig man Adelheide sie nannte.

---

¹) Von Lothringen. — ²) Am 22. Nov. 950. — ³) Von Burgund.

Diese nun, herrlich schimmernd im Schmuck hochfürstlicher Schön=
heit,
Und wahrnehmend die Pflicht, die würdig der eignen Person war,
Zeigte sich bald durch Thaten dem Königsadel entsprechend;
Denn sie strahlte durch solche gewaltige Kräfte des Geistes,
Daß sie mit Würde das Reich, das verwaiste, vermocht' zu re=
gieren,
480 Hätte nicht selber das Volk ihr bittere Ränke bereitet.
Nämlich, nachdem nun Lothar, wie früher ich sagte, gestorben,
Fand sich ein Theil in dem Volk zur offnen Empörung entschlossen,
Der feindselig den eigenen Herrn in des Herzens Verkehrtheit
Wieder in Berengars Gewalt das Reich überliefert,
Das, beim Tode des Vaters gewaltsam diesem entrissen,[1]
War vordem in die Hände des Königes Hugo[2] gerathen.
Dieser, erhoben nunmehr zur längstersehneten Würde,
Ließ jetzt allen den Haß, im grollenden Herzen genähret,
Als er beweint den Verlust vom Reiche des Vaters, erblicken.
490 Mehr als billig erhitzt von bitterer Galle des Herzens
Stürzt' er der ganz Schuldlosen auf's Haupt den verhaltenen Wuth=
schwall,
Rechtlos übend Gewalt an Adelheiden, der Kön'gin,
Die doch, als sie regiert, ihm niemals Schaden bereitet.
An sich riß er jedoch nicht blos des erhabenen Hofs Thron,
Sondern dazu, nachdem er geöffnet die Schlösser des Schatzes,
Nahm er daraus mit gieriger Hand, was drinnen zu finden,
Gold und Edelgestein und allerlei köstliches Kleinod,
Endlich den fürstlichen Reif, die Königsstirne zu zieren.
Aber er ließ ihr ferner auch nicht das Geringste des Schmuckes,
500 Und nicht scheut' er, derselben die trautesten Diener zu rauben,
Nebst dem Gefolge, womit sich Könige passend umgeben,

---

[1] Berengar I, der Vater von Berengars II Mutter Gisela, war 924 ermordet; die Vf. hält ihn für Berengars II Vater. — [2] Lothars Vater, 946 vertrieben.

Und, o Jammer zu sagen, sogar ihr königlich Walten.
Endlich verweigert' er ihr voll Bosheit jegliche Freiheit,
Dorthin wo's ihr beliebet zu gehen sowohl wie zu bleiben,
Sie allein übergebend zu hüten mit einer allein'gen
Dienerin einem der Grafen, die seinem Gebote gehorsam,
Welcher, getreu dem Befehle des übel befehlenden Königs,
Nicht sich scheute, die ganz unschuldige Herrin gefangen
Hinter den Kerkerriegeln von ihrem Gemache zu halten,
510 Endlich dazu noch rings von Wächterschaaren umgeben,
Wie für Frevel Gebrauch die Verbrecher in Haft zu bewahren.[1]
Doch der Petrus erlöste dereinst vom Kerker Herodis
Rettet' auch sie, da Zeit es ihm dünkte, mit gütiger Liebe.
Als im Gemüth sie nämlich mit mancherlei Sorgen sich härmte,
Hoffnung nirgend sich ihr auf sichere Hülfe geboten,
Siehe, da nahte sich ihr ein heimlicher Bote, vom Bischof
Adelharbus[2] gesandt, den jammert ihr klägliches Leiden.
Kaum das schwere Geschick der theueren Gebieterin tragend,
Rieth er zu nehmen die Flucht in Eile mit eifriger Mahnung,
520 Und zu gewinnen die Stadt, mit festen Mauern gesichert,
Welche den Hauptort bildet' im Bisthum, das ihm gehörte:
Zuverlässig sei hier an sicherem Orte der Schutz ihr,
Meldend, auch biete sich ihr ein wohlanständiger Haushalt.
Als ihr fürstliches Ohr nun solcherlei Mahnung erreichet,
Freute die Königin sich, die berühmte, der freundlichen Botschaft,
Und sie begehrte, befreit vom engen Gefängniß zu werden.
Doch nicht wußte sie Rath, wie dies zu beginnen, da keine
Thür sich öffnete, die, wenn tiefer der Schlaf auf den Wächtern
Lastet', in nächtlicher Stund' ihr erlaubte von dannen zu gehen.
530 Unterthänig jedoch für ihre Bedienung besaß sie
In des Kerkers Gewölben auch nicht ein einziges Wesen,

---

[1] Sie wurde am 20. April 951 in Komo gefangen genommen.
[2] Von Reggio.

Welches mit Eifer sich mühte zu thun nach ihren Befehlen,
Außer das Mädchen allein, von welchem schon früher geredet,
Und den Priester des Herrn von ganz unsträflichem Wandel.
Als sie nun diesen erzählt mit unablässigen Klagen
Jegliches, was im Gemüth sie bedachte mit Trauer und Kummer,
Faßten sie diesen Gedanken, nachdem sie zusammen gerathschlagt,
Besser erst werd' ihr Geschick, wenn sie mit geheimer Bemühung
Einen verborgenen Gang tief unter der Erde gegraben,
640 Durch den ihnen vergönnt, aus hartem Gefängniß zu fliehen.
Dies, so stehet es fest, ward baldigst also vollendet.
Gegenwärtig war stets ja die Hülfe des gnädigen Christus,
Denn als, wie man beschlossen, der Graben mit Vorsicht gefertigt
Dastand, nahte die Nacht,[1] der neuen Freiheit willkommen,
In der, während der Schlaf in der Menschen Glieder sich ein=
schlich,
Nur mit zweien Gefährten die gottergebene Kön'gin
Durch ihr Fliehen entkam den sämmtlichen Listen der Wächter,
Und bei nächtlicher Zeit nur solch eine Strecke des Weges
Hinter sich brachte, so viel mit den zarten Füßen ihr möglich.
650 Doch als bald mit dem Weichen des nächtlichen Dunkels der
finstre
Nebel verschwand und der Pol von der Sonne Strahl sich ge=
lichtet,
Barg sie mit gutem Bedacht sich in heimlich gelegenen Höhlen,
Oder sie schweift' in den Wäldern, versteckte sich endlich in Furchen
Hinter den reifenden Aehren des hochaufwachsenden Segens,
Bis von neuem die Nacht, in gewohntes Dunkel gekleidet,
Kam und wieder die Erde mit dichter Verfinsterung deckte.
Dann erst eilte sie frisch, den begonnenen Weg zu beenden.
Weiter nun aber die Wächter, sobald sie jene nicht fanden,

---

[1] Am 20. August 951.

Meldeten schreckenerfüllt das schlimme Begebniß dem Grafen,
560 Welchem die Sorge vertraut für die sichre Verwahrung der
Herrin.
Dieser, im Herzen getroffen vom Schrecken der schwersten Be=
fürchtung,
Machte mit vielen Gefährten sich auf, sie wieder zu suchen.
Und als dies nicht gelang und nimmer erforschen er konnte,
Wo die gepriesene Frau wohl hingelenket die Schritte,
Bracht er an Berengaren, den König, mit Zagen die Kunde.
Dieser nun schickt', urplötzlich unmäßigem Toben verfallend,
Rings in die Runde sofort die Mannen, so viel er ernährte,
Ihnen gebietend, sie sollten bei keinem Plätzchen vorbeigehn,
Vielmehr jeden Versteck durchsuchen mit größester Umsicht,
570 Ob sich in einem vielleicht die Königin habe verborgen.
Selber mit einer Partie der tapferen Schaaren dann folgt er,
Grad' als wollt' im Gefecht er die grimmigsten Feinde besiegen.
Und im stürmischen Laufe durcheilt' er das nämliche Kornfeld,
Wo sich gerade verbarg in krummer Furche die Herrin,
Sie, die eben er suchte, gedeckt von den Schwingen der Ceres.
Denn wiewohl er das ganze Gefilde hinab und hinauflief,
Dort wo geborgen sie lag, von schwerer Befürchtung belastet,
Und obgleich er versuchte, die rings aufstarrenden Halme
Mit weitreichendem Speer aus allen Kräften zu trennen,
580 Dennoch fand er sie nicht, die Christi Gnade beschirmte.
Doch als heim er gelehret, beschämt und herzlich ermüdet,
Siehe da naht' Abelhardus, der hochehrwürdige Bischof,
Führend, die Brust voll Freuden, hinein die theuere Herrin
Hinter der eigenen Stadt ganz sichere Mauerumwallung.
Und dort war er zu Dienst ihr gewärtig mit jeglichen Ehren,
Bis noch höherer Glanz durch Christi Gnaden auf jenem
Thron ihr wurde zu Theil, den einst sie traurig verlassen.
Etlichen unseres Landes indessen, die nun es erfahren,

Ihren theuren Gemahl verloren habe die Kön'gin,
590 Deren gewinnende Huld sie selber mit Freuden erprobet,
Als sie wallend nach Rom durchzogen Italiens Fluren,
Wurd' es ein Grund, vor Oddo dem Mächtigen, welcher noch König
War, nun aber Augustus des römischen Reiches geworden,
Häufig die Fülle der Huld an der Königin lebhaft zu preisen.
Keine würd'gere sonst, so meinten sie, könne man finden,
Unter des fürstlichen Dach's Brautkammer geführet zu werden
Nach Eaditha, der Herrin, mit Thränen betrauertem Tode.
Und der König, ergötzt von der Größe so lieblichen Ruhmes,
Sann im tiefen Gemüthe gar lange Zeiten nur darauf,
600 Wie zum Weib' er sich könnte die Königin dorten vermählen,
Welche sich fand umgeben von solcher Bedrängung des Königs.
Auch ward dieses ihm klar, daß endlich derselbige König,
Welcher da war einst worden vertrieben vom heimischen Lande,
Den er zurücke geführt mitleidig mit schleuniger Hülfe,[1]
Jetzo vergelte die Gaben so großer Liebe mit Undank.
Deshalb hatt' er sich nun den passenden Anlaß ersehen,
Um das italische Reich zu bezwingen dem eigenen Machtwort.
Als mittheilenden Reden des Vaters nun dieses entnommen
Ludolf, Hoffnung des Volks und des Vaters innigster Liebling,
610 Doch nicht eignen Gewinn, nur Vortheil sinnend dem Vater,
Rief er herbei nur wen'ge Gefährten in tiefem Geheimniß,
Ging auf Italien los und brach mit gewaffneter Hand ein,
Mahnend die Völker, zu beugen das Haupt den Geboten des Vaters,
Und heim kehrt' er im Kranze des Siegs, der kampflos gewonnen.[2]

---

[1] Er war 941 vor des Königs Hugo Nachstellungen geflüchtet, 945 mit deutscher Hülfe zurückgekehrt.

[2] Der Zug, im Sommer 951 unternommen, war vielmehr erfolglos, was den Umtrieben des Herzogs Heinrich zugeschrieben wurde.

Von den Thaten Obbo's.

Als dies Obbo, der König, erfuhr aus Gerüchten des Volkes,
Jauchzt' er mit fröhlichem Herzen dem liebenswürdigen Sohn zu,
Welcher für ihn mit solcher Gefahr sich hatte so kühn schon
Mitten hinein in das Volk voll trotz'ger Empörung gewaget.
Daß so inniger Liebe Bemühn nicht bleibe vergeblich,
620 Ging er selber in Eil, dasselbige Volk zu bekriegen.
Und nicht klein war die Schaar der eignen begleitenden Mannschaft.
Und mit schimmerndem Glanze des Königspompes geschmücket
Zog er hinein in die Fluren, umkränzt von ragenden Alpen.
Als von Schrecken gelähmt dies Berengar hatte erfahren,
Macht' er dem Kön'ge nicht offenen Krieg, ging nicht ihm entgegen,
Sondern begab sich sofort, auf daß er nur außer Gefahr sei,
In ein geeignetes Schloß, gar fest und geborgen gelegen.
Unser gepriesener König jedoch, voll muthigen Stolzes,
Zog kühn grade daher durch ihm ganz fremde Gebiete,
630 Nahm auch Pavia hinweg, des italischen Reiches Gebiet'rin.[1]
Traun, als dieses gefallen, da kamen zu Haufe die Großen
Sämmtlich, damit sie suchten den neuen König gemeinsam,
Seinem gewaltigen Spruche sich nun zu fügen beeifert.
Diese nach seiner Gewohnheit empfing er mit gütigem Wesen,
Seiner Neigung Geschenk denselbigen sicher versprechend,
Falls sie würden nunmehr ihm dienen in treuer Gesinnung.
Als dies so sich gefügt, da gedacht' er der herrlichen Kön'gin
Adelheide sogleich mit häuf'ger Befragung des Herzens,
Nun doch endlich verlangend zu schauen ihr königlich Antlitz
640 Selber, von der ihm bewußt, wie reich an Tugend sie wäre.
Also durch einen Verkehr ganz heimlich gehender Botschaft
Hatte, was Frieden verkündet und süßeste Liebeserklärung,
Er ihr unter dem Zeichen des sichern Vertrauens entboten.
Auch ersucht er dazu sie mit freundlich gewinnender Rede,

---

[1] Am 23. September 951 zog Otto in Pavia ein.

Nach Pavia zu kommen mit eilender Reise, der großen,
Reichlich bevölkerten Stadt, die bitteren Harms sie verlassen,
Daß, wenn's fügte die Huld, die heil'ge des ewigen Königs,
Sie dort möchte gewinnen der höchsten Ehre Bezeigung,
Wo sie hatte zuvor unendliche Schmerzen erduldet.
650 Auf dies Werben, so huldvoll gestellt, ergab sich die Kön'gin,
Und brach auf, zu gelangen wohin sie geladen, begleitet
Rings von häufigen Schaaren ihr untergeordneter Völker.
Als von diesen der König, auf dessen Mahnung sie nahte,
Hörte, da hieß er den eignen geliebten Bruder, den Heinrich,
Ueber des Padus Gestade zurückgehn, ihr zu begegnen,
Auf daß möchte die Herrin, bestimmt für die Höhe des Reichs=
throns,
Zieren ein stattlich Gefolge, die Schaar des gewaltigen Herzogs.
Dieser mit eifrigem Sinne befolgend des Herren Gebote,
Zog alsbald von den Thoren hinweg mit des Königes Heerschaar,
660 Froh hineilend zum Lager der hochzuverehrenden Kön'gin.
Und hier rastet' er endlich zugleich mit den vielen Gefährten,
Würdig dieselbe begleitend mit größester Ehrenerbietung,
Bis er dahin sie gebracht, vor des Königes Antlitz zu stehen.
Diese gefiel nun sofort dem Könige selber am meisten
Und zur Genossin des Reichs, als würdigste, ward sie gewählet.
Drauf, da merkte der König, ihn hemme die Neuheit der Lage,
Daß er nicht gleich, trotz drängender Zeit, rückkehre zur Heimat,
Schien es ihm gut, zu senden voraus Ludolf, den geliebten
Sohn, daß flieg' ihm entgegen der Sachsen tapferer Volksstamm
670 Und fest stehe das Reich von solchem Verweser beschirmet.[1]
Dieser, des Vaters Geboten ergebenen Herzens gehorchend,
Kehrt' in das heimische Land und nahm sich der Sorg' um das
Reich an,

---

[1] Vielmehr kehrte Ludolf eigenmächtig und unzufrieden, mit dem Erzbischof Friedrich von Mainz zurück, im Dezember 951.

Alles mit vielem Bedacht und höchlich besonnen zum Ende
Bringend, was immer es gab im Heimatlande zu schaffen.
Herzog Heinrich indessen, des Königes eifrig verehrter
Bruder, erwies mit höchstem Bemühen der Seele den Beistand
In Italien, welcher geziemet des Königes Diensten,
Nicht erfüllend allein die Pflichten des zärtlichen Bruders,
Sondern noch eher das Amt des treusten eigenen Dieners.
680 Darum gefiel er mit Recht vorzüglich dem Könige selber.
Auch der Königin war er verbunden als Bruder in Liebe,
Und sie zeigte sich ihm in frommer Neigung ergeben.
Damals hatte der König nach allen Seiten durchzogen
Sein italisches Reich, die Großen des Landes verpflichtend
Seinem Gebot. Als dieses erfüllt und besorget nach Wunsche,
Ließ er, damit nicht wieder des Reichs sich bemächt'ge Berengar,
In Papia zugleich mit vielen Erles'nen des Heeres
Konrad nehmen den Sitz, den stets umsichtigen Herzog,
Dem er die Ehe der Tochter, die Ehrfurcht heischte, gewähret.
690 Aber er selber sogleich zog heim mit der herrlichen Gattin,
Habend im Sinne geschwind zu betreten den Boden der Heimat.
Und mit Jubel empfing sein Volk ihn, als er zurückkam,
Dem Hochthronenden spendend zum Himmel Gebete des süßen
Dankes, welcher sein Volk ansehend wie früher mit Liebe,
Friedlich zurückgeführet den König, des Herren Erwählten.
Als dies Freudenereigniß mit würdiger Haltung gefeiert,
Kam auch Konrad der Herzog herbei, heimkehrend in Frieden,
Mit sich Berengar bringend, von dem schon früher gemeldet,
So mit der Kunst von seinem durchdringenden Geiste gefesselt,
700 Daß er freiwillig gekommen, sich König Oddo zu neigen.[1]
Und derselbige König, der immer gehandelt mit Weisheit,

---

[1] Diese Darstellung ist unrichtig und nach Widukind zu berichtigen. Konrad hatte seine Vollmacht überschritten und Otto entschloß sich sehr schwer dazu, Berengar zu empfangen und ihm Italien anzuvertrauen.

Nahm als König ihn auf mit jeglicher würdigen Ehre,
Wieder ihm gebend die Krone des früher entrissenen Reiches,
Aber freilich allein mit dieser bestimmten Bedingung,
Daß er auf keinerlei Grund in's Künftige möge sich weigern
Seinem, des Kaisers, Gebot, gar manchem von ferne schon furchtbar,
Vielmehr seinen Befehlen als Lehnsmann eifrig gehorche;
Äußert' auch dieses zumal mit bekümmerten Worten voll Ernstes,
Daß er regiere fortan mit größerer Milde das Volk selbst,
710 Welches er früher gar sehr durch herbes Verfahren geplaget.
Der vorgebend, er wolle die Vorschrift pünktlich erfüllen,
Ging gar schleunig von dannen und eilte mit Freuden zur Heimat.
Doch als sicher er saß auf des Reiches erhabenem Wartthurm,
Legt' er, durch schlimmes Bereden von einigen Leuten gestachelt,
Seinem unseligen Volk in Kurzem ein schwereres Joch auf.
Weil mißachtet er worden und große Gewalt ihm geschehn sei,
Müsse das Reich er nun kaufen, so sagt' er, mit schwerem Verluste,
Und nicht sein sei die Schuld der Verletzung der Sitte der Väter.
Anzurechnen vielmehr sei Obbo die wahre Verschuldung,
720 Der ihm selber verkaufte die sämmtlichen Großen des Volkes.
Als demselbigen König nun solcherlei Kunde man brachte,
Ward er von wegen Berengars erfüllt mit gerechter Entrüstung,
Innig betrauernd den Schaden des Mitleid erweckenden Volkes,
Und war eifrig bemüht, zu verbessern die Lage der Dinge.
Und gleich hätt' er's vollführt, auf Christi Hilfe vertrauend,
Wenn nicht ein widrig Geschick ihn jetzt noch hätte verhindert.
Denn da kräftig indessen der Preis des Reiches erblühte,
Während er wonniglich strahlte mit jeglicher Gunst des Erfolges,
Hatte verderbende Seuche des erblichen Feindes von Neuem
730 Einen gar listigen Trug, für ewig betrübend, geschaffen,
Trachtend das Reich zu verwirren, von Frieden damals erfüllet;

Doch, daß könne der Arge dies desto geschwinder vollbringen,
Hatt' er bethöret zuerst die sämmtlichen Leiter des Reiches,
Hoffend es werde dann bald des Volkes Verderben erfolgen.
Also denn endlich, der Sohn des herrlichen Königes, Ludolf,
Als an genugsam klaren Beweisen der Freundschaft er wahrnahm,
Mit welch herzlicher Liebe vollkommnen Vertrauens die treue
Königin Heinrich, dem Bruder des Königs, ergeben sich zeigte,
Und sie mit allem Bemühn sich seiner Treue dahingab,
740 Wird er heimlich verletzt von den Pfeilen des inneren Schmerzes,
Nicht auflodernd im Zorn, nicht zehrend in galligem Hasse
Ueber der theueren Mutter verlorene Liebe, vielmehr nur
Pressend aus heimlicher Kammer des siechenden Herzens die
Seufzer.
Und durch böslichen Rath gar vieler Verläumder betrogen,
Faßt' ihn die Furcht, nach Art des gebrechlichen Sinnes der
Menschen,
Daß er später nicht sollte der ihm zuständigen Ehren
Gabe sich freu'n, statt dessen zur zweiten Stufe herab wohl
Steigen, was hätte gewiß nie Christ der Gerechte geduldet,
Wenn sich ruhig das Reich beim Frieden des Rechtes befunden.
750 Als er öfter jedoch beim Vater mit trauriger Miene
Niedergeschlagen erschien, nicht unbefangen wie sonst wohl,
Fanden sich Menschen, bethört vom Truge der listigen Schlange

— — — — — —

— — — — — —

— — — — — —

Sondern[1]) dadurch zu vermehren die Königsehre des Vaters."

— — —

[1]) Nach der uns verlorenen Darstellung des Aufstandes und der Schlacht auf dem Lechfeld, folgte die Sendung Ludolfs gegen Berengar im Spätherbst 956, und hier der Schluß eines im Jahre 957 an den Vater erstatteten Berichtes.

Als es der König vernahm, sich freuend über des treuen
Sohnes Erfolg, da that er in süßester Stimmung des Geistes
Folgendes jenem sogleich im Antwortschreiben zu wissen:
„Lob und Ehre verbleibe für ewige Zeiten dem Schöpfer,
Welcher verliehen Dir hat, so günst'gen Geschicks Dich zu freuen.
Auch sei, theuerster Sohn, mein Dank Dir hiemit gesaget,
Dir, den völlig als treu sich jetzo bewährend ich finde,
Weil Du den klarsten Beweis mir gegeben für Deinen Gehorsam:
1150 Während Du durch Dich selber mein Reich zu vermehren begehrtest,
Schreibst Du den gänzlichen Ruhm der eigenen Mühen doch mir
zu.
Dankbar nehmend daher, was Du hast weise vollführet,
Will ich dagegen auch Dir mit würdiger Gabe vergelten,
Und dasselbige Reich Dir anvertrau'n zu regieren,
Welches vor uns'rer Gewalt zu beugen Du hast unternommen.
Und mit des Vaters Gebote befehl' ich, Geliebter, Dir also:
Laß dies Volk, das selbst Du bezwangst mit der siegenden Rechten,
Mit Dir sonder Verzug ein sicher zu haltendes Bündniß
Eingehn, kräftig verwahrt mit Furcht einflößendem Eide."
1160 Als die Befehle gelesen der höchstzuverehrende Herzog
Ludolf, band er mit Freuden, gemäß so gnädiger Weisung,
Für sich, wie's ihm befohlen, das Volk mit kräftigem Eidschwur,
In dem Gehorsam des Vaters dasselbe mit Würde zu leiten.
Als dies wohl nun beschickt, da gedacht' er, im heißen Verlangen
Nun mit dem völligen Schlusse des Friedens das Antlitz des
fernen
Vaters gewinnen zu können, besiegt von süßester Liebe
Zu der theueren Frau und beiden Kindern, die weit er
Hinter sich ließ, zu der Mark der verlassenen Heimat zu kehren,
Daß nach bestandenem Druck so harter Verbannnng er jetzo
1170 Könne doch endlich einmal die Ruhe der Heimat genießen.
Daß ohn' ein'gen Verzug er geschwind dies bring' in Erfüllung,

Und auch geringes Gepäck die begehrte Fahrt nicht verzög're,
Ließ er senden voraus die eigenen Schätze zusammen
Und vor seiner Person aufbrechen die sämmtliche Heermacht.
Welche von wegen des Krieges er dorthin mit sich geführet,
Mit dem Versprechen, im Fall er am Leben geblieben, in kurzem
Zeitraum selber zu sein in den Grenzen des heimischen Landes.
Auch dies hatt' er bestimmt mit dem Wort süßredenden Mundes,
Daß er in diesen Kastellen und jenen Orten gewillt sei,
1180 Würdig bereitet zu finden den Aufwand seiner Bewirthung.
Unsere Landesgenossen indessen, von diesem ersehnten
Rufe bewegt, erfreuten sich, tief im Herzen gerühret.
Ab das schwere Gewicht des Schmerzes und tiefer Betrübniß,
Das sie lange getragen um ihren entfernten Gefolgsherrn,
Wälzend von ihrem Gemüth, erachteten alle gemeinsam
Ursach zu haben daran zur allergrößesten Freude,
Wenn nun ihnen das Glück nach Ablauf weniger Tage
Würde zu Theile, gemäß der Verheißung fröhlicher Botschaft [1])

— — — — — — — — — — —

— — — — — — — — — — — —

Tragend das Scepter sowohl wie des Hauptes anmuthigen Kron-
schmuck,
1480 Und, wie fordert ihr Staat, in sämmtlichen Königsgewändern,
Aber die Zierde von noch viel größeren Ehren empfing sie,
Als mit dem hohen August sie zugleich dann wurde geweihet.
So weit hab' ich nun endlich des herrlichen Königes Odbo
Thaten im Liede besungen, obzwar nur mit schwacher Begabung.
Jetzt bleibt übrig zu schildern, was eben derselbige Kaiser
Ausführt', als er den Thron auf der Herrschaft Gipfel nun einnahm,

---

[1]) Er starb zu Pombia, südlich vom Lago Maggiore, am 6. September 957. Die zweite Lücke reicht bis zur Kaiserkrönung am 2. Februar 962. Auf die Krönung der Kaiserin Adelheid beziehen sich die nächsten Worte.

Was zu berühren ich scheue, dieweil mich weibliche Schwachheit
Hindert, und nicht es geziemt, daß werde mit dürftiger Sprache
Wiedergegeben, wie tapfer, mit hartem Ringen des nimmer
Rastenden Kampfs er gewann die Burgen am Meeresgestade
Auferbaut, die besaßen Berengar und seine Gemahlin;
Wie dann jenen er sandte, nachdem er den bindenden Eidschwur
Hatte geleistet, zugleich mit Willa, der Gattin, in's Elend,
Und wie ferner, gespornt vom Stachel gerechtesten Eifers,
Er den obersten Priester,[1]) der mancherlei Schlimmes begangen,
Und der gänzlich verschmäht zu beachten sein häufiges Mahnen,
Ließ entkleiden der Ehren des heiligen Stuhls der Apostel,
Einen anderen setzend, der würdig des päpstlichen Namens;[1])
Welcher Gestalt er, da ruhig in tiefem Frieden das Reich war,
Kam zu den Unsrigen, hier und dorthin ziehend, von Neuem,
Kräftig bewahrend die Krone von zweien gewaltigen Reichen,
Und sein eigenes Kind, das jetzt nach jenem gefolgt ist,
Oddo, welcher ein König bereits an den Brüsten der Amme,
Bis zu der höchsten Gewalt, der Würde des Kaisers, erhöhte
Und die Weihen ihm ließ nach eigenem Vorbild ertheilen.[3])
Nimmer vermöchte somit dies meine Bemühung zu schildern,
Dazu bedarf es vielmehr bei weitem erhabneren Werkes.
Deßhalb, weil das Gewicht so gewaltigen Stoffes mich abweist,
Wag' ich mich weiter nicht vor, und mache gar klüglich ein Ende.
Daß ich nicht später der Last des Beginnens schmählich erliege.
Da nun dieses beendet und bis zum Schlusse verfolget,
Muß im Gebet ich flehen zur Gnade des ewigen Königs,
Daß er unseren Kaisern, den frommen, zu führen verleihe
Glücklich die sämmtlichen Zeiten des jetzt noch folgenden Lebens;
Für ihr Trachten auch stets mit jeglicher Gunst sie beschirmend,
Als die Wächter der Kirche sie lange Jahre bewahre,
Daß sie Trost uns gewähren allzeit und gnädiglich. Amen.

---
[1]) Johann XII, 963. — [2]) Leo VIII. — [3]) Weihnachten 967.

Register.

A.
Adelhard, Bischof v. Reggio 49. 51.
Adelheide, Kaiserin 47—55. 57. 59.
Adiva, T. K. Edwards 35.
Aeda, Gem. Billungs 4—6. 22.
Aelfleda, Gem. K. Edwards 34.
Aetelstan, K. v. England 34. 35.
Alpen 53.
Anastasius I, Papst 8. 9. 16. 18.
Arnulf, Kaiser 18.
Arnulf, Herzog v. Baiern 37.
Avaren 44; vgl. Ungarn.

B.
Badulik 38.
Baiern 44.
Berengar II, K. v. Italien 48—53. 55. 56. 60.
Bernhardus 14. 15.
Billung, Fürst 4.
Brun, Herzog 13. 15.
Brun, Erzb. v. Köln 32—34.
Brunesteshusen 6.

C.
Christina, Aebtissin 19.

E.
Editha, Königin 34. 35. 45. 46. 52.
Eberhard, K. Konrads Bruder 37—41.
Edward, K. v. England 34.
Egwina, Gem. K. Edwards 34.

F.
Faune 11.
Franken 3. 4. 47.
Frankfurt 43.

G.
Ganda, Fluß 6.
Gandesheim 1—29.
Gerberga I, Aebtissin 14—19.
Gerberga II 26.
Gisilbert, Herzog v. Lothr. 38—41.

H.
Hathumoda 7. 11. 13.
Heinrich I, König 5. 22. 32—36.
Heinrich, Herzog von Baiern 32. 33. 37—39. 43—45. 54. 55. 57.
Herford 7.
Hermann, Herzog v. Schwaben 47.

Hugo, K. v. Italien 18.

J.

Jda, Gem. Ludolfs 47. 58.
Innocenz I, Papst 8. 9. 16. 18.
Johannes der Täufer 4. 5. 22.
Johannes XII. 60.
Italien 47. 52. 53. 55.
Judith, Gem. Heinrichs v. Baiern 37.

K.

Konrad, Herzog v. Lothr. 47. 55.

L.

Leo VIII. 60.
Liutgard, Gem. Ludwig III. 13. 17—19.
Liutgart, Gem. Konrads v. Lothr. 46. 47. 55.
Lothar, K. v. Italien 47. 48.
Ludolf, Herzog v. Sachsen 3. 6—13.
Ludolf, Herzog von Schwaben 36. 46. 47. 52—59.
Ludwig II, der Deutsche 3. 7. 14.
Ludwig III, der Jüngere 13. 15. 17—19.

M.

Mathilde, Königin 32.

O.

Oda, Gem. Ludolfs 4—22.
Oddo I, Kaiser 5. 6. 22. 25—60.
Oddo II. 6. 30. 31. 60.
Oddo der Erlauchte 3. 5. 13. 15. 20—22. 32.
Oswald, K. v. England 35.

P.

Padus, Po. 54.
Papia, Pavia 53. 54.

R.

Reggio 49. 51.
Rhein 41.
Rom 5. 7. 33.
Römisches Reich 29. 52.
Rudolf, K. von Burgund 47.

S.

Sachsen 3—5. 32. 54.
Schwaben 47.
Sergius II, Papst 7—9.

U.

Udo, Graf 41.
Ungarn 15; Avaren 44.

W.

Wichbert, B. v. Hildesheim 16.
Wilhelm, Erzb. v. Mainz 28.
Willa, Gem. Berengars II. 60.